신조선전기 16권 완결

초판1쇄 펴냄 | 2019년 08월 30일

지은이 | 다물
발행인 | 성열관

펴낸곳 | 어울림 출판사
출판등록 / 2009년 1월 23일 제 2015-000062호
주소 / 경기도 고양시 일산동구 무궁화로 43-55, 801호 (장항동, 성우사카르타워)
TEL / 031-919-0122
FAX / 031-919-0127
E-mail / 5ullim@hanmail.net

Copyright ⓒ2019 다물
값 8,000원

ISBN 978-89-992-5981-4 (04810)
ISBN 978-89-992-4794-1 (SET)

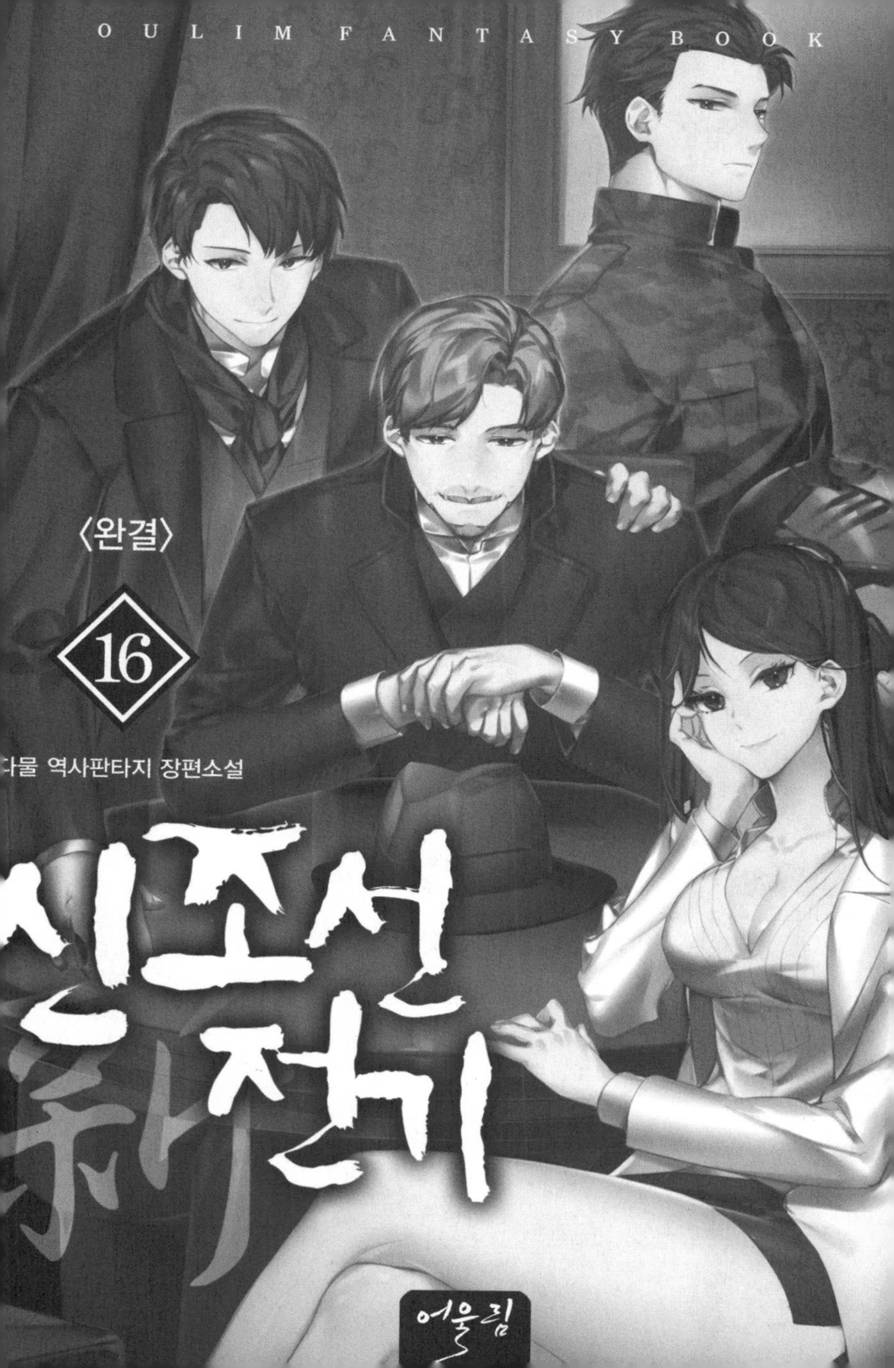
O U L I M F A N T A S Y B O O K
〈완결〉
16
다물 역사판타지 장편소설
신조선책기
어울림

신조선 新전기

목차

필독

본 소설은 허구입니다. 실제적 역사나 사실과 다를 수 있습
니다.

신조선책기

썩은 살을 도려내다

"우리는 남녀평등을 원한다!"

"원한다! 원한다!"

"말단 직원에서부터 고위직까지! 할당제를 시행하라! 입학생의 절반을 여자에게 허락하라!"

"허락하라! 허락하라!"

여성들이 들고 일어났다. 안경을 쓰고 머리를 짧게 깎은 여인들이 무리지어서 매사추세츠 주 케임브리지 시 거리를 행진했다. 그녀들은 하나같이 남녀평등을 부르짖었고 일대일 할당제를 요구하고 있었다.

그녀들의 외침을 시의 주민들이 지켜보고 있었다.

한 동양인 여인과 백인 남자가 팔짱을 끼고 지켜보면서 그녀들에 대한 이야기를 했다.

남자가 자신의 연인인 동양인 여인에게 말했다.

"최근에 저런 시위가 늘어난 것 같아."

"한달 전쯤인가? 그때부터 늘어났던 것 같은데……."

"여성 할당제라… 자기는 어떻게 생각해?"

"생각하고 자시고 할 것 없이 잘못된 요구지."

"어째서?"

"공정하지가 못하잖아. 불공정에 관한 것을 불평등으로 둔갑시키는 것은 엄연히 선동이야. 내가 알기로 고려에서 저런 일이 있었다가 내란음모죄로 전부 처벌받은 것으로 알고 있어. 취지도 좋지 못하고 좋은 꼴도 보지 못할 거야."

연인으로부터 대답을 듣고 백인 남자가 고개를 끄덕였다. 그리고 미소를 지으면서 그녀의 손을 꼭 잡았다.

"내가 이래서 자기를 사랑해."

그저 공감하기보다 분석을 하고 이성적으로 판단을 내릴 줄 아는 연인에 대한 존경을 나타냈다.

그와 손을 잡고 있는 동양인 여성을 시위대가 발견하고 크게 분노했다.

"위장 여자다!"

"복장을 봐! 치마를 입고 화장까지 했어!"

"배신자 년!"

"코르셋을 차고 남자의 노예가 되다니! 너 같은 년이 여성의 인권 떨어트리는 곰팡이 같은 년이야!"

호통을 듣고 연인의 손을 잡은 여인이 인상을 썼다. 그녀에게 시위대가 바람이 일어날 정도로 고함을 질렀다.

여인의 남자친구는 자신이 사랑하는 사람을 지키기 위해서 앞을 가로막았다.

그것을 보고 여성 시위대가 눈에 독을 품었다. 마치 그들이 생각하는 세상 속에서는 대역죄나 반역과 같은 일이라고 생각했다. 두 사람에게 덤벼들어 물리적인 힘을 쓰려고 할 때 경찰이 달려와서 호각을 불었다.

"뭐하는 거요?! 당장 떨어져!"

"미리 신고한 대로 시위를 벌이지 않으면 체포할 거요!"

경찰의 제지에 시위대가 이를 갈았다.

"어휴, 남자 경찰들……."

"꼴에 남자라고 남자 편드는 것 좀 봐."

"빨리 여자가 권력을 쥐고 심판해야 해. 개놈들……."

경찰 중 대다수가 남자 경찰이었다.

그러나 분명히 여자 경찰들이 있기는 했다.

하지만 시위대는 그녀를 여성으로 여기지 않았다.

자신에 반대하는 모든 존재를 남자와 남자의 노예, 흉내 남자로 규정했다. 증오에 파묻히면서 행진 대열에 합류해 다시 목소리를 높이기 시작했다. 그들은 '평등'이라는 단어를 크게 외쳤다. 누군가 큰 소리로 미국이라는 나라를 비하했다. 비교 국가가 분명히 있었다.

"어떻게 여성의 권리가 소비에트의 여성 권리보다도 못

하냐?!"

"차라리 소비에트가 미합중국보다 훨씬 낫다!"

그녀들의 외침을 보면서 주민들이 이야기했다.

"이게 대체 무슨 일이야……."

"아니, 저 연인들은 무슨 죄야? 어째서 저 연인들에게 여자들이 몰려가서 소리친 거지?"

주민들의 의아함에 주변 학교를 다니는 학생이 말했다.

"남녀가 사귄다고 그런 거예요."

"남녀가 사귀어서 그랬다고?"

"예."

"그게 대체 뭐가 문제이기에……."

주민들이 이해하지 못하자 학생이 설명했다.

"남녀가 사귀려면 남자가 여자 마음에 드는 행동을 하고 외모를 꾸며야 되지만, 여자도 남자 마음에 드는 행동과 외모를 꾸며야 하잖아요. 저 시위대 말로는 여자가 남자를 위하는 노예 같은 삶을 버려야 한다는 것인데, 그것 자체가 남자를 위한 일이라 여기면서 여성의 해방을 저해하는 행동이라 여기는 것이에요."

"아니, 남녀가 사랑해서 서로를 위하는 것인데, 노예는 무슨 말이고 해방은 또 무슨 말이야? 그러면 저 아이들은 남자와 결혼해서 살지 않겠다는 건가?"

"딱히 남자가 없어도 신경 쓰지 않을걸요?"

"뭐?"

"남자를 사랑할 줄 안다면 저런 시위를 벌였겠어요? 제

가 볼 땐 저 시위대에 속해 있는 사람들은 크게 세 부류의
사람들이에요. 하나는 여자를 사랑하는 자들, 하나는 남
자를 사랑했지만 상처를 입고 그 여자들로부터 꼬드김을
당한 자들, 하나는 투쟁하는 것이 뭔가 특별하게 보여서
겉멋에 취한 자들. 그 외에도 몇 가지가 있지만 일단은 이
렇게 세가지네요. 아마도 저들은 여자들을 자기편으로 만
들어서 세를 불리고 권력을 쥐려고 할 거예요. 그리고 반
대하는 사람들을 탄압하려고 하겠죠. 여태 자신들이 당해
왔으니 복수를 벌여야 된다는 논리로 말이에요. 이미 고려
에서도 똑같은 일이 있었어요."

　학생의 이야기를 듣고 주민들이 고개를 끄덕이면서 이해
했다.

　그리고 학생을 아래위로 훑으면서 그의 신원을 물었다.

"요 옆의 학교에 다니는 학생이니?"

"예."

"혹시, 고려에서 왔니?"

"아뇨. 미국인이에요. 하지만 아버지와 어머니는 고려에
서 왔어요."

"역시나… 어쨌든 좋은 이야기를 해줘서 고맙네."

"천만에요."

주민들이 학생에게 감사의 뜻을 전했다.

학생은 천천히 봉변을 당했던 연인에게 다가갔다.

그를 알아보고 두 사람이 알아봤다.

"오빠!"

"혜민아."

백인 남자친구를 둔 아이는 혜민이었고 주민들에게 이야기한 학생은 정호였다. 여자친구의 오라비가 나타남에 혜민의 남자친구가 고개를 숙이면서 인사했다.

그리고 그의 인사를 정호가 받아줬다.

혜민의 남자친구는 정호의 후배였다.

정호가 혜민의 상태를 살폈다.

"혜민아. 괜찮아?"

"응."

"참. 괜찮을 수밖에 없었지. 그런 애들이라면 100대 1로 싸워도 이겼을 텐데 말이야."

"실제로는 그렇더라도 신경은 써 줘. 여자니까."

"그건 내가 아니라 네 남자친구에게나 이야기해. 어찌되었건 무사해서 다행이야."

"그래."

남매다운 모습을 보이자 혜민의 남자친구가 곁에서 지켜보면서 피식 웃었다.

그의 이름은 '앤드류 잭슨'이었다. 잭슨은 정호 앞에서 혜민의 손을 꼭 잡으면서 그 마음을 드러냈다.

그리고 정호에게 말했다.

"헬렌은 제가 꼭 지키겠습니다. 걱정하지 마십시오."

"그래. 그렇게 해 줘. 그런데 사실 네가 보호를 받을 거야. 얘 엄청 잘 싸우거든."

"알고 있습니다."

남자친구의 말에 혜민의 속이 부글부글 끓어올랐다.

삐친 모습을 보이자 잭슨이 혜민의 볼을 찌르면서 장난을 걸었다.

그리고 금세 풀고 여느 연인 같은 모습을 보였다.

잭슨이 시위대가 지나간 길을 보면서 근심했다.

"요즘 따라 이런 시위가 늘어나서 큰일입니다."

"그러게 말이야."

"이번에 학교에서 학생회도 남녀평등의 논리 때문에 총여학생회가 발족한다던데, 저런 모습을 보일까 정말로 걱정이 됩니다."

"발족 자체를 막으면 되지."

"막을 수 있습니까?"

"발족이 되기 전에 그것이 합당한지 토론을 벌일 거야. 그 후에 학생들이 투표를 벌일 거고. 3분의 2도 아니고 다수결 과반으로 판결이 내려질 테니까, 총여학생회는 절대 발족할 수 없을 거야."

정호의 자신에 혜민이 혹시나 하면서 물었다.

"혹시, 오라버니가 토론회에 나가는 거야?"

혜민의 물음에 정호가 고개를 끄덕였다.

"그래."

"너무 폭행하면 신고 당할지도 몰라."

"그런 폭행으로 신고한다면 얼마든지 하라지. 어찌되었건 토론이 시작되면 본모습이 드러날 거야. 얼마나 수준 이하의 논리인지 말이야. 두고 봐."

정호의 이야기를 듣고 잭슨이 혜민에게 폭행에 대해서 물었다. 혜민은 자신의 남자친구에게 '팩트 폭행'이라는 이야기를 했다. 그러자 잭슨이 크게 웃었다.

다음 날 세 사람의 학교인 하버드 대학교 대강당에서 토론이 열렸다. 학교 학생들이 큰 관심을 보이면서 모인 가운데 전날에 행진 시위에 참여했던 여학생들이 와서 목소리를 높였다. 마치 정치인의 선거 유세 같았다.

"학교는 남녀평등을 위해서 총여학생회를 발족하라! 발족하라! 발족하라!"

일부 여학생들의 외침에 대다수 학생들이 얼굴을 찌푸렸다. 토론을 진행하는 학생들이 와서 제지했고 퇴장 경고를 하고나서야 그녀들을 겨우 진정시킬 수 있었다.

잠시 후 토론이 시작되었다.

총여학생회 발족을 추진하는 위원장이 나름의 논리를 펼치면서 발족의 필요성을 역설했다.

강당에 모인 학생들이 그녀의 이야기를 경청했다.

"지금 여태 학생회장이 전부 남자 아니었나요? 지금도 마찬가지고 말입니다. 이제는 남녀평등을 위해서 여자 학생회장이 필요합니다. 따라서 총여학생회가 발족되어야 합니다."

위원장의 발언이 끝나자 진행자가 반대쪽으로 발언권을 넘겼다. 정호가 발언하려고 할 때 위원장이 잘라먹었다.

"제가 알기로 존스 씨는 학교 학생이 아닌 것으로 아는데요? 이 자리에서 말할 수 있는 권한이 있나요?"

그녀의 말에 정호가 기막힌 미소를 드러냈다.

"권한이 있다고 해서 이 자리에 있습니다. 그리고 현재 대학원생으로 학생은 아니지만 동문입니다. 학생회장도 역임했고 말입니다."

"남자 회장이었군요."

"뭐, 보시는 대로입니다. 학생들의 투표로 공정하게 회장직을 맡아서 역임했고 말입니다. 이제 제가 발언할 차례니 끝날 때까지 듣고 있어주기 바랍니다."

자격 운운을 하는 위원장의 공격을 막고 정호가 학생들에게 말했다.

"여러분, 저는 어떤 일을 하든지 간에 가장 중요하게 생각하는 것이 있습니다. 바로 평등이 아닌 공정함입니다. 여러분들이 어떠한 일에 불만을 가졌을 때, 가만히 생각해 보면 불공정함 때문에 느끼는 것입니다. 그러면 불공정한 것을 시정해야겠죠. 절대 평등하게 만드는 것이 답이 아닙니다. 그렇다면 총여학생회는 공정한 것이냐? 절대 공정하지 않습니다. 왜냐하면 남자가 투표를 할 수 없기 때문입니다. 총여학생회에 대한 학교 지원금 중에 남자의 학비가 조금이라도 포함이 되면 반드시 투표권도 있어야 합니다. 그런데 남자의 투표를 막으니, 이 점이 총여학생회의 가장 큰 문제점입니다."

"옳소!"

강당 안에서 몇몇 학생들이 동의를 표시했다.

그리고 이어 위원장의 발언이 시작됐다. 또한 공방이 시작되었다.

"학교 학생들 중 여학생이 얼마나 되나요?"

"30퍼센트 정도 되지 않습니까?"

"남자의 투표가 허락되면 결국 남자 회장이 뽑힐 겁니다."

"총여학생회인데 남자 회장이 어째서 뽑힙니까?"

"남자들의 입김이 들어간 회장이 어째서 여자 회장이겠습니까? 당연히 흉내 남자입니다. 우리는 온전히 여자를 위한 여자 회장을 원합니다. 남자가 남자 회장을 원하듯이 말입니다."

"그러면 이렇게 합시다."

"어떻게 말입니까?"

"현재 총학생회를 남자 총학생회로 바꾸고 여자 후보가 출마할 수 없도록 규정을 바꾸는 겁니다. 그리고 그쪽이 말한 대로 총여학생회를 발족하고, 남자 학생의 학비는 남자 총학생회로, 여자 학생의 학비는 여자 총학생회로 보내는 겁니다. 그 외에 명사들이 내어주는 학교 후원금에서 남녀 학생 수의 비율에 맞춰서 지원금을 지급하는 겁니다. 어떻습니까?"

정호의 제안에 위원장이 얼굴을 붉히면서 말했다.

"전혀 평등하지가 않습니다."

곧바로 정호가 반박했다.

"평등을 논하는 것이 아니라, 공정함을 논하는 것입니다. 머릿수대로 맞게 지원금을 타야 공정하고 형평성이 맞습니다. 안 그렇습니까?"

"성 감수성이라고는 정말 눈곱만큼도 없군요."

"질서와 이성을 논하는 자리에서 감수성이 웬 말입니까?"

위원장이 노려봄에 정호가 한숨을 쉬고 다시 말했다.

"높은 자리에 오르고 싶으면 거저 오를 생각하지 말고 성과부터 보이고 인정받으십시오. 쉽게 오를수록 더 쉽게 내려가는 게 고위직입니다. 이걸로 저의 발언을 끝내겠습니다."

정호가 발언을 끝내자 발끈한 위원장이 일어나서 욕을 했다. 남자라는 단어를 앞에 두고 뒤로 안 좋은 수식어가 줄줄이 달렸다. 벌레는 기본이었고 개도 기본이었다. 그렇게 토론회가 끝나고 모든 학생들의 투표가 이뤄졌다.

투표 집계가 발표될 때 하버드 대학교 학생들뿐만이 아니라 미국 전역이 관심 있게 지켜보았다.

그리고 결과가 발표됐다.

"투표율 89.5퍼센트! 반대 88.6퍼센트! 찬성 11.3퍼센트! 무효표 0.1퍼센트로 총여학생회 발족은 취소된 것을 알립니다!"

"와아!"

"해냈다!"

"이게 바로 정의지!"

학생들이 환호했고 교수들도 주먹을 불끈 쥐면서 기뻐했다. 사람들이 원하는 것은 공정성이었기에 평등을 앞세운 총여학생회의 논리를 받아들이지 않았다.

그것을 일부 여학생들이 차별이라고 주장했다.

학교 정문에서 줄지어 서서 목소리를 높였다.

"절대 평등하지 않는 투표입니다! 남자가 70퍼센트에 이르는데 총여학생회가 발족할 수 없는 것은 당연한 일입니다! 이 투표는 잘못된 투표입니다!"

"옳소!"

"표결 무효! 표결 무효!"

지나가는 남학생이 인상을 찌푸리면서 그녀들에게 물었다.

"야! 무효는 대체 무슨 무효? 뭐가 평등하지 않다는 거야?!"

"남학생들의 수보다 여학생들의 수가 적습니다!"

"반대가 반올림해서 무려 89퍼센트야! 찬성은 11퍼센트라고! 여학생들의 표만 따로 계산해도 과반수가 반대를 했어! 그런데 뭐가 문제야?!"

"투표하지 않은 여학생이 10퍼센트입니다!"

"뭐라고?!"

"강압적인 분위기 탓에 겁이 나서 투표를 하지 않은 것입니다! 그런 분위기를 조성하는 것이야말로 독재와 다를 바 없습니다! 만약 그 인원이 투표했다면 여자 쪽에서 과반을 넘겼을 겁니다! 어쨌든 표결 무효!"

"화, 나, 미치겠네……."

말을 걸었던 남학생이 고개를 절레절레 흔들면서 손으로

얼굴을 가렸다.

더 이상 말을 걸어봐야 손해라는 것을 알았다.

그러니 굳이 고생해서 반박하려고 들지 않았다.

충돌을 일으키는 것 자체가 어리석은 행위라고 생각하면서 사람들이 무시하며 거리를 벌린 채 지나갔다.

정호가 동생과 후배와 함께 앞을 지나갈 때였다. 자신을 상대로 토론을 벌였던 여학생이 크게 소리를 질렀다.

"차별주의자! 그렇게나 평등이 싫었던 겁니까?!"

"뭔 소리야, 대체……."

"여성 혐오자!"

"……."

무시하면서 지나가는 정호를 상대로 총여학생회 추진 위원회가 외쳤다.

자신의 오라비에게 맹비난이 가해지자 뒤따르던 혜민이 결국 참다못해 그녀들을 흘겨보면서 이야기를 했다.

"어쩌다가 저렇게 괴물이 되었을까. 휴우……."

"뭐야?! 야! 거기 서! 창녀 같은 년! 야!"

안타까워하는 시선과 말이 그녀들에게 비수처럼 날아들었다. 총여학생회를 찬성하는 여학생들에게 한 방 먹인 혜민이 비웃음을 지었다가 인상을 찌푸렸다.

속에서 화가 치밀어 올랐다.

"결과가 났으면 승복할 줄도 알아야지. 저게 뭐하는 짓이야, 대체? 여자인 내가 봐도 아닌데 말이야. 짜증나네. 정말."

함께 걷던 잭슨이 정호에게 물었다.

"뭔가 해결이 없겠습니까?"

"해결?"

"예. 선배님."

"해결할 수 있다고 생각하는 것 자체가 오만이지. 애초에 인간이라는 불완전한데 저런 면들도 있을 수 있는데 어떻게 해결하겠어. 단지 최소화시키고 억제하면서 그것이 틀렸다는 것만 알릴뿐이지."

"다름이 아니고 말입니까?"

"공정성이 무너진 사안을 두고 다르다고 말하는 사람들은 악당밖에 없어. 심지어 생계를 위한 도둑질조차도 공정함이 없기 때문에 다른 게 아니라 틀린 거야. 그리고 너나 내가 공부하고 있는 경영학에서 불공정은 최악의 변수고 절대 용납되어서는 안 돼. 왜냐하면 불공정은 결국 모든 것을 부수고 불태우는 혁명을 부르니까. 그래서 공정성을 반드시 지켜야 하는 거야."

정호의 이야기를 듣고 잭슨이 고개를 끄덕였다. 그리고 그 말을 한 사람이 따로 있는지 궁금하게 여겼다.

잭슨의 생각을 읽고 정호가 미리 알렸다.

"우리 아버지께서 하신 말씀이야."

"아, 예."

조선 황제의 대리인이 아버지라는 것을 알았다.

세 사람은 학교 밖에서 식사를 하고 헤어졌다. 헤어질 때 잭슨이 혜민에게 조심히 다녀오라는 말을 했다.

24

그리고 혜민과 정호는 뉴욕으로 갈 준비를 했다.

다음 날부터 여름 방학이었다.

"짐은 다 쌌어."

"응."

"그러면 나가자. 저번처럼 열차 놓칠 뻔하지 않고 여유롭게 타는 거야."

정호가 직접 차를 운전했다. 그리고 케임브리지 역 주차장에 차를 주차시켜 놓고 차를 마시면서 여유를 즐기다가 집으로 돌아갔다.

집에 도착했을 때 성한과 지연이 크게 반겼다.

"왔구나~ 아들 딸~"

"어머니~"

"아버지~"

정호와 혜민을 차례대로 포옹하면서 환하게 웃었다.

그리고 건물에 함께 사는 석천과 유정과도 번갈아 포옹했다. 석천이 정호에게 말했다.

"녀석, 크니까 더욱 아버지를 닮는구나."

"그야 아버지 아들이니까요. 석천 아저씨도 그간 건강하셨나요?"

"보는 대로지."

"다음에 시간 되면 낚시나 하러 가요."

"그래그래, 그렇게 하자꾸나. 하하."

어깨를 두드리면서 함께 안으로 들어갔다.

그리고 그날 저녁에 성한과 석천의 가족이 모이고 대원

들의 내외가 모여서 만찬을 즐겼다.

서로의 근황을 이야기하면서 대화를 이었다.

유정이 혜민에게 남자친구에 대해서 물었다.

"남자친구가 고려 사람이 아니라면서?"

"예. 맞아요."

"어때? 외모 때문에 누군가 뭐라고 하는 사람은 없던?"

질문을 받고 혜민이 웃으면서 대답했다.

"외모가 달라서 뭐라고 하는 사람은 없어요. 그런데 다른 이유로 뭐라고 하는 사람들은 있어요."

"어떤 이유?"

"그냥 남자와 사귄다는 이유로요. 저보고 흉내 남자라는 말까지 했어요."

대답을 듣고 유정의 얼굴이 굳어버렸다. 어색한 미소를 보이면서 지연과 성한을 번갈아 쳐다봤다.

성한이 혜민에게 물었다.

"요즘 남녀평등을 외치는 학생들이 있다고 하던데, 그 아이들 말이구나."

"예. 아버지. 남자와 사귀는 것, 외모를 꾸미는 것과 심지어 결혼과 아이를 낳는 것까지 전부 남자를 위한 일이라고 말해요. 그리고 노예 같은 삶이라 말하기도 하고요. 이상한 애들이 생겨나서 두통이 일어날 지경이에요."

이야기를 듣다가 정호가 나서서 말했다.

"공정함이 하나도 없어요."

"뭐가 말이냐? 그 아이들 말이야?"

"예. 아버지. 공정함이나 형평성은 하나도 없고 오직 결과의 평등만 요구하고 있어요. 제가 총여학생회 추진위원회의 위원장을 상대로 토론했고요."

"어제 방송과 신문으로 봤다. 기억나는구나."

"공정함이 없는 건의나 요구는 정말로 정당성이 없어요."

"그래, 맞다."

자식의 말에 성한이 맞장구를 쳤다.

그리고 잠시 생각하다가 정호에게 물었다.

"분명히 토론에서 졌는데, 그 아이들은 납득하더냐?"

대답을 들었다.

"그럴 리 있겠어요. 이런저런 이유를 들어 부당하다고 이야기를 하죠."

"주변 사람들의 반응은?"

"절대 동의하지 않아요. 이야기를 해도 안 통하니 그저 무시할 뿐이죠. 여학생들이 조금 동조하긴 하지만 3분의 2 이상이 반대하고 있어요. 그 부분은 혜민이가 정확하게 알고 있어요."

"불행 중 다행이로군."

"예, 아버지. 그런 것 같아요."

정호의 이야기를 듣고 성한이 지연과 석천, 유정, 대원들을 보고 어깨를 으쓱했다. 그는 미국에서 돌아가는 상황이 그가 기억하는 역사와 매우 닮았다고 생각했다.

'기술적 진보가 빨라지니 이런 부작용도 빨리 나타나는

군.'

'조선은 1세기, 미국은 반세기 정도 빠른 것 같아.'

'지금 끊어내지 못하면 계속 악화될 거야. 더군다나 이 시대에는 소련과 트로츠키가 존재하고 있으니까. 극단의 평등이 세상을 혼란스럽게 만들 거야.'

빠르게 최악으로 치달을 수 있다고 생각했다. 그렇지만 그것을 막을 수 있었다. 세상은 그것이 잘못된 것인 줄 몰라도 성한을 비롯한 천군은 알고 있었다.

자식에게 유일한 가르침을 전했다.

"고려가 세계에서 가장 강한 나라인 이유가 뭐라고 생각하느냐?"

"공정함 그리고 배려입니다."

"그래. 공정과 배려다. 그 기준을 지키면 정의를 반드시 지킬 수 있다. 그것만이 지금의 문제를 최대한 완화시킬 수 있다."

"명심하겠습니다. 아버지."

자식을 가르치고 혜민에게도 만약 아이를 낳게 되면 그 것을 반드시 가르치라고 말했다. 공정하기에 결과를 승복할 수 있고, 공정 경쟁을 벌이기에 도전의 기회를 얻을 수 있었다. 그리고 배려가 있기에 이겼다고 오만하지도, 졌다고 좌절하지 않을 수 있었다.

이겨도 배려를 지키기 위해서 겸손을 가질 수 있었다.

그것을 미국 전역에 퍼트리고자 했다.

통신기를 통해서 한양으로부터 자료들을 받았다.

자료 속에 영상이 담겨 있었고 그 영상을 가지고 직접 백악관을 방문했다. '허버트 클라크 후버' 대통령에게 영상을 보여주면서 미국이 처한 상황을 알려줬다.

  아래에 자막이 깔린 영상을 통해 그의 집무실에서 영어가 아닌 러시아어가 울려 퍼졌다.

  [성별을 평등하게 이루는 투쟁도 또 하나의 계급투쟁이오.]

  [성별 투쟁을 방아쇠로 삼으시겠다는 말씀입니까?]

  [그렇소. 오직 우리만이 이뤄낸 혁명이오. 그리고 이번에는 유럽이 아닌 아메리카에서 먼저 이룰 것이오.]

  [아메리카……]

  [우리의 혁명은 미국에서 다시 시작할 것이오.]

  "……."

  영상을 확인하고 후버의 미간이 잔뜩 좁아졌다.

  화면이 꺼지자 시가 하나를 물면서 불을 붙였다.

  그리고 연기를 뿜어내면서 한숨을 쉬었다.

  성한이 후버에게 말했다.

  "하버드 대학교에서 총여학생회 발족 운동이 일어난 것을 아십니까?"

  "신문과 뉴스를 통해서 알고 있소."

  "단순한 남녀평등 운동으로 여겨서는 안 됩니다. 그렇게 생각하셨다간 미국의 미래가 송두리째 무너질 수 있습니다. 소련이 노리는 것은 혼란 속에서 일으키는 혁명입니다. 평등이라는 단어를 앞세워 미국을 그들과 같은 나라로 바꾸면서 정변을 완성할 겁니다."

한 치도 과장이라고 말할 수 없었다.

이미 눈으로 본 것을 부정할 수 없었다.

그저 조선의 첩보 능력에 놀라워하면서 미국에서 일어나는 남녀평등을 주장하는 자들을 의심할 뿐이었다.

후버가 결단하며 성한에게 말했다.

"뒷조사를 해서 소련과 관련된 것이 있다면 강하게 처벌하겠소."

성한이 고개를 가로저었다.

"증거는 고려에서 얼마든지 줄 수 있습니다. 이미 소련과 트로츠키의 음모를 뿌리에서부터 밝히고 첩보를 취하고 있으니까요. 문제는 반역자로 몰아서 처단한다고 해서 이 문제가 해결되지 않습니다."

"그러면 어떻게 해야 됩니까?"

"고려를 본받기 바랍니다."

"고려……."

"10년 전에 고려에서도 이와 유사한 일이 발생했습니다. 물론 그때는 소련의 공산주의와 연계된 것이 아니었지만 강한 처벌은 물론이거니와 장기적인 정책으로 여성이 가진 상대적 박탈감을 크게 낮췄습니다. 여자로 사는 것을 자부할 수 있을 정도로 말입니다. 미국 정부도 그렇게 되도록 노력했겠지만 더 많은 노력이 필요합니다."

성한의 이야기를 경청하면서 후버가 고개를 끄덕였다.

"알겠소. 정재계 인사를 가리지 않고 그 일에 관해서 논의해보겠소. 그리고 고려가 어떻게 그것을 이겨냈는지 의견을 구하겠소."

"후대 번영을 위해서 남녀가 갈라서는 일은 없어야 합니다."

"동감하오."

변화는 시작되었고 그 안에서 일어나는 부작용을 최대한 억제하려고 했다. 악은 그것을 이용하는 존재였다.

후버가 국무부를 통해 조선에 지원을 요청했다.

그리고 보육 정책과 여성의 경력단절을 억제하는 정책을 지원받고 미국에 적용할 준비를 했다. 동시에 남녀가 갈등을 일으킬 수 있는 공정성 저해 요소들에 대한 해답과 판례 등을 수집했다. 미리 준비해서 수백 년 동안 이어질 갈등을 예방코자 했다. 장기적인 정책과 조치를 준비하고 당장에 소련과 결탁한 무리들을 퇴치코자 했다. 조선에서 미국의 능력을 확인했다.

—한 명의 간자도 놓치지 말고 빠짐없이 색출해야 할 것이오. 할 수 있겠소?

"할 수 있소. 우리 일이니 우리가 알아서 하겠소."

—자존심 때문에 하는 대답이 아니길 바라오. 정말로 한 명의 간자도 놓치지 않을 수 있소?

"……."

—미리견을 위해서 우리가 도와줄 수 있소.

미국 내에 있는 첩자를 미국 정부가 알아서 잡고자 했다. 하지만 그것은 욕심이었다.

조선이 나서면 완벽하게 색출할 수 있다는 것을 이미 통화를 시작한 상태에서부터 알고 있었다.

국무부장관인 '헨리 루이스 스팀슨'이 곰곰이 생각하다가 입을 열었다.

"고려에서 도와주시오."

─알겠소. 우리 정보국 요원들을 미리견으로 보내겠소. 증거를 확보하면 하나도 빠짐없이 미리견에 인계하겠소.

트로츠키가 크렘린에서 하는 이야기를 직접적으로 촬영한 것을 기억했다. 조선에 특별한 첩보 기술이 있다고 생각했다. 그것으로 미국 내에 있는 소련의 모든 첩자를 색출할 것이라고 여겼다.

조선 정부와 미국 정부의 연락이 이뤄진지 한달가량 지났을 무렵이었다. 하버드 대학교 근처의 한 빌딩 회의실에서 미국 내 여러 대학교의 총여학생회 발족 추진 위원회의 위원장과 위원들이 모였다.

그 수는 무려 100명에 이르렀다. 단상에 오른 한 여학생이 주먹을 치켜세우면서 크게 외쳤다.

그녀는 정호와 토론을 벌였던 위원장이었다.

"10퍼센트나 되는 비 투표자들이 있습니다! 그 비 투표자는 남자들의 강압적인 분위기 속에서 겁에 질려 투표하지 못한 우리를 지지하는 여학생입니다! 그녀들마저 투표했다면 분명히 여학생 사이에서 과반을 이뤘을 것입니다! 남녀의 표를 모두 적용하는 총 투표는 그야말로 남자들의 기득권을 유지하는 나쁜 투표입니다! 다시 여론을 모아서 여학생들만의 투표를 이뤄내야 합니다! 그렇게 해서 뭐가 문제인지 공감할 줄 모르는 존재들을 배제해야 됩니다!"

"옳소!"

이어 매사추세츠 주 공과 대학교에서 온 위원장이 단상 위에 올랐다. 그녀는 여성들의 지지를 끌어 모을 계획을 세웠다. 박탈감과 증오와 불안은 좋은 인자였다.

"성욕적인 시선으로 여자를 보는 것, 여자를 우습게 아는 것, 비하와 비난, 그 모든 것을 부각 시켜야 합니다! 또한 여성 대상의 범죄가 잘못 되었다고 말하고 확대 생산해야 됩니다! 그때 우리가 전면에 나서서 싸우면 잠들어 있는 투쟁 의식이 깨어날 겁니다!"

또 다른 학교의 위원장이 단상 위에 올라서서 주장했다.

"결혼과 출산을 무기로 삼아야 됩니다! 남자들의 아이를 누가 낳아줍니까?! 바로 우리입니다! 우리가 아이를 낳기에 그것을 거부한다면 결국 발등에 불이 떨어지는 것은 남자일 겁니다! 더 이상 여자는 남자를 위해서 아이를 낳지 말아야 합니다! 완전한 여성할당제가 이뤄질 때까지! 성 투쟁과 여성 해방과 혁명이 완수될 때까지 비혼과 비출산을 장려해야 됩니다!"

"옳소!"

마지막으로 예일대학교의 위원장이 올라와서 이야기

했다.

"우리가 대세를 만들어야 합니다! 이제부터 남녀평등이 대세라는 것을! 여성주의가 대세라는 것을! 이것을 거부하고 부정하고 더럽히는 자들 모두를 비루하고 뒤처진 인류로 규정해야 됩니다! 구세대 인류로 규정하고 그것이 매우 나쁜 것이라는 것을 주입시켜야 합니다! 거부할 수 없는 자연스러움이라 주장해야 됩니다! 거부하는 자들에게 여성혐오자라는 인식을 심어주고, 그들이 죄인이라고 주장해야 됩니다! 사회 각계각층과 정계에서부터 초등학교 학생들까지 우리의 이상을 심어야 합니다! 그렇게 되어야 진정한 여성 해방과 혁명이 이뤄질 겁니다!"

마지막 계획에 회의실에 있던 모든 위원장들과 위원들이 동의하면서 소리쳤다. 그리고 다시 하버드 대학교의 총여학생회 추진 위원장이 단상 위에 올랐다.

그녀는 미국이 잘못된 나라라고 일컬었다.

"제 조국이지만 정말로 여자가 살기 불안하고 불평등한 나라입니다! 뉴스와 신문만 보더라도 여성에 대한 강간 사건도 수시로 일어나고, 심지어 여자가 미워서 일으키는 살인도 수두룩합니다! 얼마 전에 한 살인자가 여자를 살해했는데 남자 경찰들의 발표는 정신이상자가 벌인 살인 사건이라고 했습니다! 하지만 진실은 다릅니다! 그는 정신이상자가 아니라 여자를 혐오해서 죽인 것입니다! 만약 완전한 여성할당제로 여자 경찰이 발표했다면 그런 망발을 일삼지 않았을 겁니다! 우리가 품어야 할 완전한 이상은 소비에트처럼 성별의 완전한 평등입니다! 우리 조국에서도 그들과 같은 혁명이 있어야 합니다!"

"맞습니다!"

결의를 세우고 다시 일어났다.

그리고 학교마다 개별적으로 움직이지 않고 함께 협력하면서 남녀평등과 여성주의를 이루고자 했다.

술잔에 보드카가 채워졌다.

"인류의 평등을 위해!"

"평등을 위해!"

술잔을 비우고 독을 품기 시작했다. 회합을 마친 각 학교의 위원장과 위원들은 돌아가서 미국의 미래를 물들일 준비를 했다. 그리고 하버드 대학교의 위원장이 자리에 남아서 사람을 만나길 기다렸다.

잠시 후 정장을 입은 여인이 안으로 들어오자 하버드 학생들이 인사를 했다.

여인의 말투가 미국인 치고는 억양이 이상했다.

"학생들의 분위기는 어떻습니까?"

"비록 투표에서 패했지만 나쁘지 않습니다. 우리에게 동조하는 여학생들이 꽤 있습니다."

"뉴스와 신문을 통해서 봤는데 10퍼센트를 조금 넘더군요. 그 수를 늘릴 수 있기를 바랍니다."

"예. 위원 동지."

"미국도 소비에트처럼 평등한 나라로 거듭날 수 있습니다."

"예."

두 사람이 만나서 이야기할 때 햇빛이 스며들지 않는 벽 구석에서 아지랑이가 피어올랐다.

며칠 뒤 두 사람의 모습과 전에 결의했던 학교 여학생들의 모습이 영상에 담겨서 재생됐다.

후버의 집무실에서 영상이 재생되고 있었다.

그와 국무장관인 스팀슨과 조선과 미국을 연결해주는 성한이 함께 시청했다. 그리고 방첩에 관련된 장관들이 보면서 탄식을 터트렸다.

그들의 예상보다 학생들이 많이 물들어 있었다.

영상이 끝나자마자 깊은 한숨이 일어났다.

"이렇게까지 치밀한 계획을 세웠었다니…….."

"우리 합중국의 모든 명문대에 침투해 있소. 만약 저 아이들이 이 사회의 학계를 이끌고 지도층이 되면 끔찍한 일이 벌어질 거요."

"당장 내통한 학생들을 체포해야 하오."

미국의 미래를 위해 단호하게 이야기했다.

장관들의 이야기에 후버가 고개를 끄덕였다. 이내 국무부로부터 영상을 받은 법무부 수사국장에게 물었다.

국장의 이름은 '존 에드거 후버'였다.

"아까 전에 하버드 대학교에서 총여학생회 발족 추진을 맡고 있는 여학생이 누구였소?"

"로레인 스미스였습니다."

"스미스 학생에게 이 나라를 소비에트처럼 만들라고 한

36

여인은 누구요?"

성이 같았지만 혈연은 아니었다.

후버 대통령이 후버 국장에게 묻고 대답을 들었다.

"고려에서 보내준 영상이 더 있습니다. 그 영상을 통해 소비에트 사회주의 공화국 연방의 공산당 인민평의회 위원인 이리나 예리체코프로 확인되었습니다. 소비에트에서 남편과 함께 미국에 위장 이민온 것으로 확인되었습니다."

"가명을 쓰고 있겠군."

"폴란드인으로 위장해서 우로보스키라는 성을 쓰고 있습니다. 예리체코프 부부가 트로츠키를 직접 만난 영상도 확인했습니다. 증거는 충분합니다."

국장의 대답에 장관들이 감탄했다.

"대체 고려의 첩보력은 어느 정도이기에……."

"그런 영상을 어떻게 취득한 거지……."

적지를 넘나드는 조선의 첩보능력을 두고 대단하다고 생각했다.

동시에 스팀슨은 미국의 문제를 미국의 힘으로 극복해야 한다고 생각한 것이 오만이었다는 것을 알게 됐다.

조선과 함께 하는 것이 미국을 위한 길이었다.

그렇게 생각하며 후버가 지시를 내리려고 했다.

그때 잠자코 있던 성한이 입을 열었다.

"스미스 학생은 미국인입니다. 어째서 소련의 첩자에게 세뇌되었고 협력하게 되었는지를 알아야 합니다."

그 말에 후버 국장이 대답했다.

"안 그래도 스미스 학생의 신상을 알아봤습니다. 그녀의 가정사와 학업생활을 알아본 결과……."

"아버지가 혹시 상습적인 폭행을 가했습니까?"

"예… 그건 어떻게 알았습니까……?"

"비정상적인 행동을 하는데, 정상적인 가정이나 환경 속에서 자라지 않았을 것이라고 여겼습니다. 꼭 아버지의 상습 폭행이 있는 것은 아니죠. 남자친구의 폭행이나 폭언이 있을 수도 있고, 강제적인 성관계나 성범죄로 인해 상처를 입고 남자에게 분노했을 수도 있습니다. 어머니에 대한 아버지의 폭행을 포함해서 말입니다."

"그래서 남녀 일대일 할당제를 이루는 소련을……."

"동경하게 된 것입니다. 유일한 탈출구로서 말입니다. 그리고 제가 이 이야기를 꺼낸 이유는 단호하게 조치하되 그 부분을 절대 잊어서는 안 된다는 걸 말하기 위해서입니다. 그리고 그 문제를 해결할 수 있도록 계속 노력해야 된다는 것입니다. 대통령 각하와 장관들께서 중심이 되셔야 합니다."

성한의 이야기를 듣고 모든 이들이 고개를 끄덕였다.

단발적인 조치로 끝나면 다시 문제가 일어날 수밖에 없었다. 소련의 혁명가들이 끊임없이 혼란을 일으킬 것이라고 생각했다. 후버가 장관들에게 지시했다.

"장기적으로, 그리고 단기적으로 대응해나갈 것이오. 무엇보다 지금은 소비에트의 공산주의자들이 공정한 경쟁을 이루며 발전해왔던 우리 조국을 뒤엎으려는 것을 합중국의 모든 시민이 알아야 하오. 확보된 증거를 언론에 공개하고 소비에트 간첩과 내통한 자들을 모두 체포하시오. 그들에게 국가 전복을 계획한 책임을 물을 것이오."

"예. 각하."

법무부 수사국이 일제히 움직이기 시작했다.

그리고 소련 간첩을 만났던 스미스와 그녀와 연계했던 각 대학교 여학생들이 체포됐다. 손에 수갑이 채워져서 끌려가는 스미스가 소리를 질렀다.

"이런다고 여성 해방이 저지될 것이라고 봐?! 여러분 보십시오! 남자 경찰이 이렇게 여자를 탄압하고 있습니다!"

스미스를 비롯해 여학생들이 고래고래 소리를 질렀다. 그리고 그 모습을 하버드 대학교 학생들이 지켜보고 있었다. 처음에 학생들은 무엇이 원인인지 몰라서 그나마 그녀들이 여자이기에 동정에 가까운 생각을 가지기도 했다. 그러나 다음 날에 언론에 공개 된 영상으로 인해서 모든 것이 뒤집혔다. 영출기에서 스미스가 크게 소리치고 있었다.

[만약 완전한 여성할당제로 여자 경찰이 발표했다면 그런 망발을 일삼지 않았을 겁니다! 우리가 품어야 할 완전한 이상은 소비에트처럼 성별의 완전한 평등입니다! 우리 조국에서도 그들과 같은 혁명이 있어야 합니다!]

이어 그녀가 만난 여인의 이야기도 공개되었다.

[미국도 소비에트처럼 평등한 나라로 거듭날 수 있습니다.]

마지막으로 트로츠키가 말한 것도 영상으로 공개되었다.

[성별을 평등하게 이루는 투쟁도 또 하나의 계급투쟁이오.]
[성별 투쟁을 방아쇠로 삼으시겠다는 말씀입니까?]
[그렇소. 오직 우리만이 이뤄낸 혁명이오. 그리고 이번에는 유럽이 아닌 아메리카에서 먼저 이룰 것이오.]

영출기를 보고 미국인들이 경악했다.
"세상에! 요즘 남녀평등이다 뭐다 외치던 것들이 죄다 소비에트의 간첩이었어?!"
"어떻게 이런 일이! 놈들이 우리 조국을 노리고 있었다니!"
"이제 평등 운운하는 것들은 죄다 공산주의자들이야!"
사람들의 반응을 보고 걱정하는 무고한 시민들도 있었다.
"이렇게 되면 우리는 어떻게 되는 거야?"
"남자와 평등하게 일하고 싶은데……."

"아, 정말 속상해. 그년들 때문에 우리만 피해를 입게 되잖아. 이게 대체 무슨 일이야."

신문을 읽는 여학생들이 한숨을 쉬었다. 그녀들은 겉으로 스미스와 같은 학생들을 반대했지만 속으로는 그들에 의해서 주어지는 이익도 있을 수도 있다고 생각했다.

그 길이 모두 차단되는 것을 느꼈다.

대학교에 다니는 여학생들을 상대로 한 미국인들의 시선이 부정적으로 바뀌었다.

* * *

모든 씨앗을 퍼트리고 가시 넝쿨을 키운 자가 도주하려고 했다.

"어서 짐을 챙겨! 영상을 보니까 우리를 여태껏 추적하고 있었어!"

"대체 그 영상을 어떻게 찍은 거지?! 영상을 찍은 위치엔 아무 것도 없었는데!"

영상 공개로 이리나 예리체코프가 황당함을 느꼈다.

그녀는 남편과 함께 소련으로 돌아가기 위한 짐을 급히 싸고 차에 탑승했다.

그리고 출발하기 위해서 시동을 막 걸었을 때였다.

차를 타고 달려온 경찰들이 내리면서 두 사람을 향해 크게 소리쳤다.

"멈춰! 안 그러면 쏘겠다!"

"빌어먹을!"

경찰의 경고에도 아랑곳 않고 가속 페달을 밟으면서 앞으로 달리려고 했다. 그때 바퀴가 터지면서 차가 주저앉았다. 경찰이 어리둥절한 가운데 두 사람을 잡기 위해서 권총을 조준하고 천천히 다가갔다. 그때 이리나의 남편이 권총을 꺼내들고 경찰을 조준했다.

퍽!

"여보?!"

그러나 머리가 터지며 쓰러진 것은 그녀의 남편이었다.

이리나가 남편을 안고 부르짖었다.

권총을 들고 있던 경찰들은 어리둥절했다.

멀리서 경찰을 지켜낸 암살자가 있었다.

―목표는?

―한명은 죽고, 한명은 체포되었습니다.

―체포된 게 여자인가?

―예. 조장님.

―좋아. 그러면 철수한다. 나머지는 미리견 경찰에게 맡긴다.

―알겠습니다.

은폐 우의를 걷어내자 소음 저격총을 소지한 조선 특임대가 모습을 드러냈다. 그들은 어둠의 기사처럼 미국 경찰이 임무를 벌이는 것을 지켜보고 은밀히 돕고 있었다. 이리나를 체포한 경찰들이 어리둥절하면서 주위를 돌아봤다. 이후 그녀를 체포하고 심문을 벌이면서 소련의 지시를 받았다는 진술을 얻었다.

재판이 열리면서 스미스를 비롯한 여학생들이 안으로 들어왔다. 그녀들에게는 '국가 전복 시도'라는 혐의가 씌워졌고 형량 또한 매우 중할 수밖에 없었다.

초반에는 자신들의 혐의를 부인하다가 영상으로 증거가 공개되고 이리나의 진술이 녹음된 음성을 통해서 공개되자 충격에 빠질 수밖에 없었다. 특히 소련의 계획이었다는 것을 몰랐던 여학생들은 기가 막힌 표정을 지었다.

그리고 죽일 듯이 로레인 스미스를 노려봤다.

'망할 년……!'

'우리에게 평등을 위한다 말해 놓고, 소비에트의 지시를 받은 것이었다니……!'

당황 속에서 자신들이 벌인 잘못의 책임을 스미스에게 뒤집어씌우려고 했다. 그리고 로레인 스미스는 모든 것이 망쳐졌다고 생각하면서 나라에 반역을 일으킨 죄로 죽을 것이라고 생각했다. 그래서 더욱 독을 품었다.

자신은 여성을 위해 살다 간 사람이고 싶었다.

벌떡 일어서서 청중을 향해서 외치려고 했다.

그때 그녀의 아비가 안으로 들어왔다.

"매튜……?"

방청석에 있던 스미스의 어머니가 일어섰다.

안으로 들어온 전 남편을 보면서 놀랐다.

스미스의 아버지인 매튜 스미스가 회한 가득 찬 시선으

로 자신의 전 아내를 바라봤다. 그리고 피고석 가까운 곳으로 와서 자신의 딸과 재판장석에 앉아 있는 판사를 봤다. 로레인이 아버지인 매튜를 보고 눈을 키웠다.

"아빠……?"

피고석 가까이로 다가서자 교도관들이 와서 그를 막았다. 그런 교도관을 매튜가 피고의 아버지라고 말하면서 사정을 이야기했다. 그리고 재판장을 판사에게 말했다.

"저는 매튜 스미스입니다. 그리고 이 아이의 아버지입니다. 아이를 위해서 저에게 말할 수 있는 기회를 주십시오……."

"그리 하시오."

"감사합니다……."

자신의 딸에게 전하지 못했던 이야기를 했다.

"로레인……."

"아빠……."

"정말 미안하다… 이렇게 된 게… 지난날의 나 때문에 일어난 것 같구나… 정말 미안하다……."

그리고 무릎을 꿇었다.

판사와 사람들을 향해서 매튜가 큰소리로 말했다.

"보시다시피 이 아이는 제 아이입니다! 그리고 아이가 지은 죄는 전부 제가 부족해서, 못나서 일어난 잘못입니다! 저는 막노동 일을 벌이면서 술에 중독된 채로 살았고 취할 때마다 아내를 폭행했습니다! 심지어 제 딸을 발길질로 걷어찬 적도 있습니다! 그때는 그것이 잘못이라는 것을 몰랐습니다! 하지만 제가 벌인 일로 인해서 제 딸이 이렇게 수의를 입은 것을 보게 되었으니, 시간을 되돌릴 수 있다면 돌아가서 그때의 저를 지우고 싶은 심정입니다! 부디 죄를 묻는다면 제 딸이 아니라 저에게 물어 주십시오! 그래도 제 딸을 처벌해야 한다면 형량의 반이라도 제가 받을 수 있게 해주십시오! 부디… 제 딸을 살려주십시오! 존경하는 재판장님……!"

눈물을 흘리면서 애원하는 아비를 보면서 방청석의 사람들은 복잡한 감정을 느꼈다. 어떤 사람은 딸을 챙기지 못한 아비에 대한 원성을 뱉어냈고 어떤 사람은 담담한 심정으로 그의 뒷모습을 쳐다봤다.

그리고 또 어떤 사람은 안타까운 감정을 드러내면서 그 모든 게 그저 불상사며 비극이라는 생각을 했다.

생각지도 못한 아버지의 사죄와 자신을 구하려는 모습에 증오에 물들어 있던 마음이 녹아내렸다.

로레인 스미스가 고개를 떨어트린 채 눈물을 뚝뚝 흘렸다. 그리고 그녀의 모습을 재판장이 예의주시하다가 한숨을 쉬었다. 법률 책을 펼치고 형량을 확인했다.

직후 판결문을 읽어 내렸다.

"피고 로레인 스미스는 소비에트 사회주의 공화국 연방의 공산당 인민평의회 위원인 이리나 예리체코프와 결탁하여 학생들을 선동, 국가 전복을 시도하는 계획을 꾸몄으며, 그 증거와 증언이 부정할 수 없을 정도로 명백하기에, 피고에 대한 혐의를 유죄로 인정한다. 법률에 따르면 단기적인 계획으로든 장기적인 계획으로든 국가 전복 시도는 엄벌에 처할 수밖에 없는 범죄이다. 전시의 경우, 법정최고형인 사형을 내릴 수 있고 평시엔 종신형에서부터 징역 20년 형까지 형벌을 내릴 수 있다."

재판장은 짧게 숨을 들이쉰 뒤 말을 이었다.

"피고는 이번 사건에 있어서 주도적인 위치에 있기에 종신형으로 선고받아야 함이 마땅하다. 그러나 피고가 그런 생각으로 살아가게 만든 근본적인 원인은 폭력적인 가정을 비롯해 비정상적인 가정환경, 사회 환경에 있다고 본다. 따라서 이 사건에 대해서 온전히 피고에게만 모든 책임을 물을 수 없다. 그렇다고 사건에 관여하지 않은 환경적인 삼자에게 책임을 물을 수도 없으니, 피고 로레인 스미스에게 가석방이 가능한 20년 징역형을 선고하는 바다. 피고는 남성에 대한 증오를 지우고 아버지인 매튜 스미스에게 감사한 마음을 가지기 바란다."

선고가 내려지자 아버지인 매튜가 오열하면서 감사의 뜻을 전했다.

"감사합니다! 정말 감사합니다! 재판장님!"

아버지의 오열에 로레인 또한 울음을 터트리면서 흐느꼈다. 격해진 감정에 감사하다는 말을 제대로 전할 수 없었다. 교도관에게 재판장이 눈짓을 줬고 피고인 그녀를 끌고 옆문으로 압송했다. 이어 로레인 스미스와 함께 여성 혁명을 계획했던 학생들이 따라 선고를 받았다.

주동자인 로레인의 형량이 낮아지면서 그녀들의 형량도

따라 낮아질 수밖에 없었다. 징역 15년부터 10년까지 다양하게 받았다. 그녀들에 대한 판결은 전미가 관심을 가지는 가운데서 내려졌다.

판결이 이뤄진 다음 날 신문에 기사로 실리면서 사람들이 그것을 읽고 저마다의 반응을 나타냈다.

"반역죄에 가까운데 징역 20년 형? 장난하는 것도 아니고!"

"아버지가 무릎 꿇고 빌었으니 봐준 거겠지. 그리고 20년 형도 그렇게 가벼운 형벌은 아니야. 중요한 것은 애들을 꼬드긴 소비에트 놈들이야. 이리나 예리체코프를 봐. 종신형을 선고 받았잖아. 법에 20년 형도 명시되어 있으니 적절한 판결을 내렸어. 대신 이렇게 끝내선 절대 안 된다고 봐."

여러 생각들을 공유했고 의견을 나타냈다.

그리고 사람들의 이견을 미국 정부가 합치고자 했다.

낮에 점심식사를 마친 사람들이 이야기했다.

"들었어?"

"뭘 말이야?"

"오후에 정부에서 발표를 한다는 걸 말이야. 아무래도 이번 일에 관해서 발표하는 것 같아."

소련에 대한 선전포고나 중대조치를 사람들이 예상했다. 트로츠키가 미국에서 혁명을 일으키려 했던 것이 사실이었고 그에 대응되는 조치가 있어야 한다고 생각했다.

늦은 오후 약속된 시각에 영출기를 통해서 미국 정부의

발표가 이뤄졌다. 공장을 비롯해 각 회사와 가정에서 영출기 앞으로 사람들이 모여서 정부에서 이뤄지는 발표가 무엇인지 확인하기 시작했다.

기자회견장에 대통령인 후버가 직접 올라섰다.

그리고 정부 조치들을 전하기 시작했다.

[이번에 소비에트에서 미합중국을 전복시키기 위해 첩자를 보내고 우리 대학교 학생들을 선동했습니다. 현재 사건 수습이 진행 중이고 체포된 일부 학생들은 마저 재판을 치르고 있는 실정입니다. 이미 구속된 만큼 합당한 처벌을 받을 것이고, 그러하기에 지금 상황에서 중요한 것은 우리가 그들을 어떻게 처벌할지가 아니라, 앞으로 우리 조국을 어떻게 변화시켜야 하는지 일겁니다.

비록 소비에트가 이 일을 뒤에서 주도했지만, 설령 그들이 주도하지 않았다 하더라도 국내에서 자생적으로 여성의 박탈감과 불만이 쌓였을 겁니다. 때문에 저는 이번 일을 두고 우리 사회의 잘못이 없다고 말 할 수가 없었습니다. 반드시 고쳐야 하며, 다시는 소비에트가 이용할 수 없도록 만들 것입니다.

자세한 조치는 가까운 시일에 발표하겠지만, 우리는 평등이 아닌 공정함으로 남녀 사이에 있는 문제들을 해결하고 정당함을 얻을 것입니다. 여성에 대한 편견과 인식을 고쳐나갈 것이며, 남녀가 서로 존중할 수 있는 미국 사회를 만들어갈 것입니다. 먼저 좋은 사회를 이룬 고려 제국

으로부터 지원을 받고 변화시킬 것입니다. 이상입니다.]

　기자들의 질문이 이어졌다. 한 기자가 손을 들었고 백악
관 지원이 그를 지명했다. 기자가 후버에게 물었다.

　[이번 일은 분명히 소비에트에 중대한 책임이 있습니다.
트로츠키 인민평의회 주석에게 책임을 묻진 않으실 겁니
까?]

　질문에 후버가 대답했다.

　[책임을 묻는다고 해서 그들이 잘못했다고 인정하고 사
과를 하지 않을 거라고 봅니다. 그렇다면 남은 것은 전쟁
밖에 없는데, 개전에 대해선 신중함에 신중함을 더해도 잘
못된 것이 아닙니다. 그저 경고하자면, 다시 이와 같은 일
이 벌어진다면 그땐 정말로 소비에트 정부와 트로츠키 주
석이 감당하기 힘든 조치를 내릴 겁니다.]
　[그땐 선전포고 하신다는 말씀입니까?]
　[그것까지 포함이 됩니다.]

　질문이 이어졌으나 영출기 화면이 꺼졌다.
　공장에서 작업을 감독하는 감독관이 손뼉을 쳤다.
　"별거 없네. 다들 일하러 가!"
　"에이~"

좀 더 쉬고 싶은 마음이 들었다. 하지만 일감이 넘쳐나서 하루 물량을 소화해내기가 매우 바쁜 상황이었다.

기본적인 휴식시간만 지키고 일할 때는 집중해서 일해야 했다. 그래야 회사에 득이 되고 자신에도 득이 될 수 있었다. 정부 발표를 성한도 집에서 시청했다.

기자들과 질문과 답을 이어가는 후버를 보면서 함께 소파에 앉은 정호에게 말했다.

미국의 미래가 보이기 시작했다.

"이제 많이 변할 거야."

"예. 아버지."

"고려에서 미리 길을 뚫었으니, 미국과 다른 나라들이 따라 걷기만 하면 돼."

"소비에트도 따라 걸으면 좋을 텐데 말이죠."

"그랬으면 좋겠지만 아마도 정신부터 차려야 할 거야."

성한과 정호가 보는 영출기에서 후버가 마지막 이야기를 사람들에게 전했다.

[서로를 한 몸과 같이 아끼고 존중하십시오. 고단한 인생에서 의지할 수 있는 사람은 결국 남편과 아내입니다. 부부라는 건 남녀가 합쳐져야만 이룰 수 있는 관계입니다.]

이미 노사갈등을 일으켜서 투쟁으로 이으려던 계획이 저지되었다. 이후에 다시 성별투쟁을 일으켜서 평등을 명분으로 삼아 혁명을 일으키려 한 것 또한 저지됐다.

조선과 미국을 중심으로 한 동서양의 각국은 트로츠키를 강하게 경계하면서 소련을 적국으로 규정하다시피 했다. 그리고 유사시 전쟁을 치를 준비를 했다.

군사력을 키우면서 국방을 단단히 했고 내부적으로는 평등의 명분에 맞설 수 있는 공정과 배려라는 사상으로 무장하기 시작했다. 그것은 자유와 선택을 가능하게 하고, 그것을 통해 경쟁을 허락하는 사상이었다.

그리고 사유를 가능하게 해 사람이 가진 성취욕을 해소시켜줄 수 있는 사상이었다. 노력을 통해서 얻은 성과로 대가를 얻을 수 있었다. 그렇게 공산주의가 틈타지 않도록 세상을 조금씩 변화시켜갔다.

신조선책기

위대한 혁명

"지금 뭐라고 했소?"

"미국에 파견된 예리체코프 위원이 체포되어 종신형을 선고받았다 합니다……."

"뭣이?"

"그동안 양성되던 혁명 전사들도 체포되는 바람에 성별 투쟁으로 혁명을 이루려 한 것이 실패로 끝났습니다. 미국인들이 우리를 경계하고 있습니다.

치체린의 보고를 듣고 트로츠키의 표정이 얼어붙었다.

그때 더욱 충격적인 소식이 알려졌다.

"예리체코프 위원이 주석 동지와 이야기를 나눈 영상이

공개되었다 합니다. 그리고 성별투쟁으로 아메리카에서 혁명을 일으키겠다는 계획도…….”

“또 말인가?!”

“예. 주석동지…….”

“어떻게 그런 것까지 증거로 만들 수 있단 말인가?!”

“분명히 내통하는 자가 있을 겁니다.”

“설마 흐루쇼프 놈은 아니겠지…….”

“처형에 실패했으니 반동이 될 수도 있겠지만 크렘린 안을 활개 칠 수 있을 것 같진 않습니다. 그 외에 내통하는 자가 분명히 있을 겁니다.”

“…….”

조선에 다녀온 흐루쇼프와 모스크바 대학교 학자들을 처형하려다가 실패했다. 그로 인해서 노발대발한 적이 있었다. 흐루쇼프를 의심했지만 그는 반동으로 알려져서 함부로 신분을 드러낼 수 없었다. 크렘린 안을 자유롭게 드나들 수 있는 사람들 중에 있을 것이라고 생각했다. 그렇게 생각하면서 자리에서 일어나 집무실 안을 살폈다.

“깨끗하군.”

“전에도 확인했습니다.”

수시로 숨겨진 촬영기가 있는지 의심했다. 그리고 다시 책상 뒤쪽의 의자 위에 앉아 미국에서 혁명에 실패한 것을 곱씹었다. 미국 정부가 중대발표를 한 사실을 들었다.

“다시 일을 벌이면 선전포고를 하겠다고?”

“예. 주석동지.”

"할 테면 하라지. 고려만 아니면 지금 어떤 나라를 상대하든지 싸워 이길 수 있어. 우리의 혁명은 유럽 강국이 도왔던 반동을 상대로 싸워 이긴 위대한 혁명이니까. 비록 선전포고를 하지 않았지만 언제든지 놈들을 상대할 수 있도록 준비해야 할 거요."

"군사평의회 주석에게 전하겠습니다."

"언젠가, 공산 평등을 이루지 못한 자들이 우리 혁명을 부러워하게 될 거요."

트로츠키가 체제 승리를 자신했다. 그는 결국에 평등하지 못한 나라가 그 나라 국민들에게 불만족을 선사하고 무너질 것이라고 생각했다. 그때 다시 혁명의 불씨를 키우면 된다고 생각했다. 콧잔등에서 탄내가 스쳐 지나갔다. 창문 밖에서 새어 들어오는 탄내에 트로츠키가 킁킁거렸다.

"어디서 타는 냄새가 나지 않소?"

"저도 납니다."

계속 킁킁거리다가 창문 쪽으로 시선을 돌렸다.

먼 하늘에서 검은 연기가 오르는 것을 보았다.

트로츠키의 비서가 안으로 들어와서 보고했다.

"배급소에서 불이 났다고 합니다."

"배급소에서?"

"지금 소방원들이 출동했습니다. 금방 진압할 겁니다."

식량 배급을 하는 배급소에서 불이 났다. 소식을 들은 트로츠키와 치체린은 소방원들이 출동했기에 금방 불이 꺼질 것이라고 생각했다. 인민 중에 체력과 판단, 사상이 좋은 인물들에게 소방원의 임무를 맡겨뒀다.

　남녀가 일대일 비율로 직책을 맡고 있었다. 출동한 소방원들이 장비를 들고 배급소로 뛰어 들어갔다.

　"샤샤! 여기에다 물을 뿌려!"

　"예!"

　"미샤는 문을 부수고 안으로 진입할 준비를 해!"

　"예!"

　남자 소방원들이 압력이 센 소방호스를 들고 물을 뿌렸다. 어떤 소방원은 도끼를 들고 문을 부수고 들어가서 사람들을 구하기 시작했다. 어깨 위로 사람을 얹고 등에 업어서 최소 한 사람 혹은 두 사람씩 온 힘을 다해서 구해냈다. 그러던 중 여자 소방원들을 봤다.

　'쟤들 대체 뭐하고 있는 거야……?'

　호스를 제대로 잡지 못하는 여자 소방원들을 봤다. 그리고 두 소방원이 한 사람을 부축해서 구조하는 것을 봤다. 그 모습을 기가 찬 표정으로 지켜봤다.

　남자 소방원이 동료 소방원에게 말했다.

　"대체 힘 좋은 여성 동지들은 어디로 간 거야?!"

　동료 소방원이 말했다.

　"인민의 위대함을 보여주기 위해 체육 선수가 되었잖아! 없는 사람 찾지 마!"

　"빌어먹을!"

　여성 소방 지휘관이 여자 소방원들을 지휘하고 있었다. 그 모습을 보고 남자 소방원들이 고개를 절레절레 흔들었다. 결국 화재는 진압되었고 다수의 사상자가 발생했지만 수습이 되었다. 진압 후에 평가가 이뤄졌고 그 보고가 트로츠키에게 전해졌다.

보고를 받고 트로츠키가 미간을 잔뜩 조였다.

"남자 소방원과 여자 소방원의 차이가 크다고?"

"예. 주석 동지……."

"어떻게 말이오?"

"구한 사람들의 수가 2배 이상 차이가 난다 합니다. 그리고 정치지도원의 말로는 여자 소방원의 근력과 체력이 많이 부족해 보였다 합니다. 그래서 소방원들이 술렁이고 있다 합니다."

"……."

"차라리 소방원은 남자들만의 직업으로 하고, 여자들만의 직업을 따로 만들자는 이야기도 나오고 있습니다……."

보고를 듣고 트로츠키의 얼굴이 굳어졌다.

"반동이오."

"주석 동지……."

"우리의 혁명적 명분이 어디에서 나왔소? 평등한 공산 사상이오. 남자들이 유리하기에 남자들만의 직업을 만든다? 여자들이 유리하기에 여자들만의 직업을 만든다? 그런 편의가 바로 우리의 명분을 흐리게 만드는 것이오! 남녀평등을 위해서 일대일 할당제는 계속 유지되어야 하오!"

엄포를 놓고 할당제의 필요성을 역설했다. 그리고 평등이라는 명분이 걸려 있는 제도에 대해서 더 이상 왈가왈부해서는 안 됐다. 사상을 지키기 위한 지시를 트로츠키가 내렸다.

"우리 사상과 체제, 제도가 잘못된 것이 아니요. 이것은 책임자 잘못이니, 여자 소방원들을 진두지휘한 지휘관에게 책임을 묻고 죄를 물을 것이오. 그리고 여자에게 문제가 있다는 식으로 말하는 남자들을 모두 처벌할 것이오."

"예. 주석동지……."

"우리 사상은 완벽한 사상이오."

트로츠키가 비서를 불러서 프룬제에게 연락했다.

그리고 사람을 구하기 위해 최선을 다했던 여자 소방 지휘관을 체포했다. 정치국 지도원들에게 붙들린 소방 지휘관이 울부짖었다.

"저는 최선을 다했습니다! 사람을 살리기 위해 최선을 다했다고요! 하기 싫은 직책이었음에도 당의 혁명을 위해서 몸을 던졌습니다! 그런데 어떻게 제게 이럴 수 있습니까?!"

"시끄럽다! 더 이상 떠들면 총알을 목구멍에 먹일 줄 알아!"

"……!"

"끌고 가라!"

지도 위원의 호통에 여자 소방 지휘관이 더 이상 하소연하지 못했다. 그저 오열하면서 지도원들에게 끌려갔고 자신의 운명만을 직감할 뿐이었다.

그것을 지켜보던 여자 소방원들이 눈물을 흘렸다.

지도 위원이 그녀들에게 이야기했다.

"잘못된 것은 우리의 사상과 제도가 아니다. 잘못된 것은 사람이다. 그러니 지휘관이 책임을 지는 것이다. 사람을 구조하는 데에 있어서 부족함을 느꼈다면 힘을 길러라. 그렇게 하지 않아서 문제가 생긴다면 너희들의 잘못이다."

"흐흑… 흑…….."

"대답하라!"

"예… 위원동지……!"

"좋아. 새 지휘관이 올 때까지 대기한다."

우겨넣듯 지도 위원이 공산 사상의 위대함을 주장했다.

여자 소방원들은 울면서 그의 가르침에 대답했다.

새로운 지휘관이 올 때까지 기다려야 했고, 그때까지 운동을 하면서 악을 쓰며 근력을 기르려고 했다.

다시 지휘관이 체포되는 일이 없어야 한다고 생각했다.

지휘관이 끌려갈 때의 모습이 어떤 이의 촬영기로 영상 안에 담겼다. 촬영기의 영상은 이내 엘리트폰으로 옮겨졌고 우랄 산맥으로 거처를 옮긴 탁현이 그 영상을 흐루쇼프에게 보여줬다.

소련 내에 머물면서 안에서 일어나는 일들을 보여줬다.

영상을 보고 흐루쇼프와 학자들이 할 말을 잃었다.

탁현이 체포된 여성 지휘관을 가리키면서 말했다.

"이 여성 지휘관이 하고 싶었던 일이 있다고 하오."

"어떤 일을 말이오……?"

"집을 짓는 일이오. 그래서 벽돌을 나를 수 있도록 힘을 길렀는데, 공산당의 지시로 소방원이 되었고, 사람을 잘 구했다는 이유로 지휘관으로 보직을 옮겼소. 그리고 그녀가 지휘한 여자 소방원들이 남자 소방원들만큼 사람을 못 구했다는 이유로 체포되었소. 아마도 재판을 받게 되면 교화소에서 몇 년 동안 생활하게 될 거요."

"……."

"여자 지휘관이 처벌 받는 이유를 알고 있소?"

"……."

탁현이 물었고 흐루쇼프와 학자들은 침묵했다.

그렇게 할 수밖에 없었다. 입을 열었다간 자신들의 삶을 지탱해왔던 모든 것들이 무너질 것 같았다. 그러나 입을 다문다고 해서 진실을 가릴 수 있는 것은 아니었다.

"공산과 평등의 사상을 지키기 위해서요……?"

흐루쇼프가 물었고 탁현이 고개를 끄덕였다. 그리고 이야기했다.

"만약 정말로 공산과 평등사상이 완벽하다면, 그 체제 하에서 절대 문제 같은 것은 일어날 수 없는 것이지 않겠소? 빈부격차나, 권력의 차이, 누구는 살고 누구는 죽는 그런 차이가 말이오. 그런데 그런 일이 벌어지면 사상은 문제가 없으니 무엇이 문제이겠소?"

"사람……."

"맞소. 사람이오. 틀린 말은 아닌데, 사람에게 책임을 전가하게 되오. 그리고 배제해야 되오. 왜냐하면 그런 사람이 있음으로써 문제가 생기니까. 그래서 공산주의 체제 하에서는 인간은 사상을 위한 구성체, 기계로 치면 부품으로 불과한 것이오. 그런데 영상을 보니까 부족하면 노력하라는 말을 지도 위원이 하더군."

"……."

"부족하지 않다고 판단해서 직책을 맡겼는데, 부족하면 힘을 기르고 노력하라니, 참 앞뒤가 안 맞는 말이오. 물론 그것은 내 생각이오."

자신의 생각이라고 말하면서 탁현이 흐루쇼프와 학자들이 알아서 판단하게끔 했다. 그리고 그들은 침통한 분위기 속에서 현실을 받아들였다.

자조적인 말투로 흐루쇼프가 탁현에게 말했다.

"여자가 남자보다 약하다는 것을 고려했어야 했소……."

그 말을 듣고 탁현이 고개를 가로저었다.

"절대 약하지 않소."

"그런데 어째서……."

"그저 준비가 되어 있지 않았기 때문이오. 100미터 달리기에서 세계 기록을 남길 것도 아니고, 극한의 노력으로 몸을 달련시킨 사람들이라면 차이가 있을 수 있지만, 그 외에는 노력 여하에 따라 얼마든지 극복할 수 있소. 그래서 조선에도 여자 소방관들이 있소."

통역을 듣고 흐루쇼프가 떨리는 목소리로 물었다.

"저… 정말이오…? 고려에도 여자 소방원이……?"

"많소. 혹시 보지 못한 것이오?"

"볼 생각을 아예 하지 않았소. 고려에도 여자 소방관이 있었다니……."

"남자들처럼 무거운 장비를 메고 뛰어다닐 수 있소. 그래서 굳이 남자와 여자로 구분지어서 지칭하지도 않소. 우리 백성들이야 여자 소방관이라고도 하지만, 힘든 일을 여태 남자들이 해왔으니 어쩌겠소, 그런 과거의 관념조차도 우리는 존중하는 것이오. 그리고 언론에서는 남자와 여자로 나눠서 표기하지 않소. 그저 소방관이라는 단어 하나면 충분하오. 소방관이 된 여자들은 사람을 구하는 사람이 되기 위해 근력과 체력을 기르고 시험에 당당히 합격한 소방관들이오. 할당제 없이 남녀 구분 없는 시험을 치러서 말이오. 그래서 고려에서는 소방관의 성별이 어떻든 반드시 신뢰할 수 있는 거요."

"맙소사……."

"화마는 남녀를 가리지 않소. 소방청에 속한 사무직도 남녀가 함께 볼 수 있기에 할당제를 두지 않는 거요. 소방관을 뽑을 때는 인맥 학력 재력 구분 없이, 오직 실력주의, 사람 한명을 더 구할 수 있는 사람만을 뽑는 거요. 그것이 공정 경쟁으로만 해낼 수 있는 위대한 혁명이오."

탁현의 말에 흐루쇼프는 어떤 말도 할 수 없었다. 공산주의나 평등에 대해 이상적인 가치를 논하는 것 자체도 우스운 일이 되었다. 망가져가는 소련을 지켜보면서 안타까움 만을 느꼈다. 이미 평등이라는 말에 인민이 세뇌되어 있었고 그들은 혼돈 속에서 허우적거리고 있었다. 그것을 깨달았을 때 정보국 요원이 탁현에게 한가지 소식을 알려줬다. 소식을 듣고 탁현이 환하게 웃었다.

그러자 흐루쇼프가 무슨 소식인지 물었다.

"어째서 웃는 거요? 대체 고려에 얼마나 기쁜 소식이기에……"

그의 인상이 너무나도 어두웠다.

마치 소련에 급박한 소식이 전해져서 탁현과 요원과 대원들이 기뻐하는 것이라고 생각했다.

그러나 소련의 소식은 아니었다.

"조선에서 온 소식이오."

"고려에서?"

"그렇소. 기상 위성에 이어 통신 중계 위성과 위치추적 위성을 우주발사체에 실어서 쏘아 올렸다고 하오. 그리고 이제 사람을 태워서 우주에 보낸다고 하오."

"우주에 말이오?"

"그렇소."

"……"

유인 우주선을 쏘아 올린다는 말을 처음에 이해하지 못했다. 몇 초가 지나서야 그 말뜻을 알아차렸고 망치로 얻어맞는 느낌을 받으면서 깨달았다.

공산주의와 평등주의로는 절대 꿈꿀 수 없는 일이었다.

이제는 그것을 받아들여야 했다.

'대체 우리는 여태 뭘 해왔단 말인가…….'

인민에게 큰 죄를 지었다는 생각이 들었다.

어떻게 용서를 받아야 할지 눈앞이 깜깜해졌다.

그저 고개를 떨어트린 채 눈물을 흘릴 뿐이었다.

하늘에 조선의 위성이 돌아다니고 있었다.

위성을 통해 전화가 연결되고 조선과 외국 방송국끼리 영상 송수신이 이뤄지기 시작했다.

조선의 축구 경기를 유럽에서 볼 수 있게 됐다.

월드컵 우승을 차지한 조선의 축구 리그에 세계에서 축구를 가장 잘하는 사람들이 모여 있었다.

그중에 잉글랜드 국가대표 선수들도 있었다. 축구 경기를 보면서 영국인들이 위성 방송에 대해서 이야기했다.

"살다가 이런 일을 경험하게 되다니……."

"생중계로 고려의 프로 축구 경기를 보게 될 줄 누가 알았겠어."

"이 모든 게 우주에 떠 있는 위성 덕분이야. 고려는 정말 대단한 나라야."

세계 유일의 위성 보유국이었다. 때문에 만국이 조선에 인공위성 제작기술을 전수해 줄 것을 요청했고 조선은 다른 부분에서 협력을 요구하며 거래를 저울질하고 있었다.

조선에서 뛰는 잉글랜드 축구 선수의 활약에 영국인들이 열광했다.

"해밀턴! 그래! 뛰어! 지금이야! 아앗!"

"더 빨리 찼어야지……."

"아, 저기서 어째서 태클이! 저 수비수 정말로 잘하네…
국가대표 아니지?"

"내 기억에는 없었던 것 같아."

평범한 조선인 수비수에게 잉글랜드 국가대표 선수의 드
리블이 막혔다. 골문 앞에서 슛을 하려던 찰나, 태클이 들
어오면서 공이 빠져나갔고 잉글랜드 선수가 넘어졌다.

그는 잔디를 손으로 내려치면서 분통을 터트렸다.

언제나 교체 명단에 이름을 올렸지만 오랫동안 경기에
출전하지 못하다가 정말 오랜만에 출전한 상태였다.

그러다 신기를 보았다.

"와아!"

"미쳤어!"

"대체 몇 미터를 질주한 거야?!"

중앙선에서 공을 잡은 조선인 선수가 골문까지 공을 몰
며 5명의 선수를 제쳤다. 그리고 영국에서 골키퍼라 부르
는 문지기까지 제친 뒤 슛을 했고 골을 넣었다.

중계방송으로 그 모습을 보던 영국인들이 경악했다.

골을 넣은 선수는 조선의 국가대표 선수였기에 어째서
조선이 월드컵 우승을 했는지 알게 됐다.

녹화 방송을 보는 것과는 차원이 다른 것이 있었다.

"이게 고려의 축구 실력이구나."

"나는 항상 녹화 방송만 해서 조작인 줄 알았어."

"이 정도로 실력 차가 있었다니……."

음식 장사를 벌이는 친구의 가게에 모인 영국인들이 탄식했다. 그들은 해밀턴이라 불리는 영국 선수의 활약을 기대했지만 조선 선수들의 실력만 확인하게 됐다.

그리고 조선의 위성 중계 방송에 감탄했다. 기상위성이 우주에서 돌며 구름의 상태와 이동을 관측하고 있었다.

적위선 영상으로 구름 속의 수증기양을 확인했고 그것을 통해 전보다 정확한 일기예보를 할 수 있었다.

영출기에 진행자가 나와서 날씨 예보를 했다. 조선과 주변 나라들이 표지된 지도를 짚으면서 이야기했다.

진행자의 예보는 사흘 뒤의 예보였다.

[서쪽에서 저기압이 이동해오면서 비구름도 따라 올 것으로 예상됩니다. 때문에 내일은 맑겠지만 이틀 뒤부터 흐려져서 사흘 째 되는 날에는 오전부터 비가 쏟아질 것으로 예상됩니다.]

사흘이 지났고 예보는 딱 들어맞았다.

빨랫줄에 빨래를 널어뒀던 백성들이 미리 그것을 걷어서 비를 피했다. 창문 밖으로 쏟아져 내리는 비를 보면서 미소를 지었다.

"이야, 정확하게 들어맞네."

"이게 다 기상위성 덕분이라면서요?"

"맞아."

"예보가 훨씬 정확해져서 이제 누군가를 만나는 약속도 잘 잡을 수 있겠어요."

부부가 하늘에서 내리는 비를 보면서 이야기했다.

휴일에 누군가와 만나는 약속을 잡지 않고 빗소리를 들으면서 집에서 편안히 안식했다. 그리고 조선의 일기예보가 다른 나라들에게 알려졌다. 기상위성을 통한 정확한 예보에 전 세계 사람들이 감탄하며 몹시 부러워했다.

신문을 읽는 영국 신사들이 이야기했다.

"우리가 어렸을 때는 대영제국이 최고였지만 지금은 고려야."

"시간이 지날수록 더욱 그런 것 같아. 우주에 발사체를 쏘아 올리는 것도 우린 하지 못했는데 이젠 위성을 통해서 중계방송까지 벌이는 수준이니……."

"기상위성으로 날씨예보를 벌이는데 무조건 맞을 수밖에 없어. 우린 완전히 뒤처졌어."

"후우……."

한숨이 절로 나왔다.

특히 나이가 많은 신사일수록 더욱 그랬다.

이제 겨우 20살이 된 청년들은 달랐다.

"대단하다! 정말 기회가 되면 고려에 가보고 싶어!"

"나는 돈을 모아서 고려에 이민 갈 거야."

"고려인들이야말로 세상에서 가장 뛰어난 민족이야."

조선의 군사력이 유럽을 평정하고 조선의 원화가 세계 기축통화가 된 뒤로 어린 시절을 보낸 세대였다.

그들에게 조선은 선망의 나라였고 이상향의 나라였다.

그리고 이제는 새로운 꿈을 펼치는 나라였다.

신문을 읽다가 휴식하던 대학생들이 말했다.

"우주에 사람을 보낸다고?"

"맙소사! 그게 가능한 일인가?!"

"고려라면 가능할 것 같아!"

유인 우주선에 대한 이야기 때문에 도저히 수업을 할 수 없을 지경이었다. 우주발사체를 통해서 사람이 우주로 향한다는 것을 감히 상상하지 못했다.

그러나 그것은 이미 현실이 되고 있었다.

사람이 우주로 향하기 전에 미리 개가 우주로 향했다.

'진환'이라는 이름을 가진 진돗개가 사람이 탈 우주선에 먼저 타서 하늘 너머의 세상을 경험하고 지상으로 무사히 돌아왔다.

고흥 발사장 통제소의 원격 조종에 의해 원뿔 형태로 된 우주선이 마찰열을 내면서 조선해 바다 위로 떨어졌다. 마지막에 낙하산을 펼치면서 떨어졌고 우주선의 위치추적 장치를 통해 배들이 찾아가 안에 타고 있던 진환을 구해냈다. 사람 품에 안긴 진환이 혀를 내민 채 헥헥거렸다. 그것을 본 출동한 기자가 흥분한 목소리로 외쳤다.

[건강합니다! 하루 동안 우주에 있었음에도 진환은 건강한 모습으로 우리에게 돌아왔습니다! 이제 인류가 우주로 향합니다!]

영출기로 새소식을 보던 모든 사람들이 탄성을 터트렸다. 집에 영출기를 둔 조선 백성들부터 유럽의 부유층까지, 소식을 접한 사람들 중에 감탄하지 않는 사람이 없었다. 이제는 인간이 우주를 탐험할 때라고 생각했다.

이척도 그러한 기대감을 가지면서 조선이 첫번째가 될 거라는 생각에 자부심을 느꼈다.

"이대로 간다면 조선이 처음으로 유인 우주선을 쏘아 올리겠군."

"아마도 그렇게 될 것입니다."

"첫 우주선인데 선장을 누가 맡게 되는가?"

사정전에서 이척이 물었다. 앞에 앉아 있던 장성호가 첫 우주선 선장에 대해서 알려줬다.

"안창남 사장입니다."

"안창남 사장?"

"이번에 우주선을 제작한 회사가 안창남 항공기 제작사이기에 누구보다도 우주선을 잘 아는 안창남 사장이 다녀올 것입니다."

"만약 귀환하지 못한다면 국가적인 손실이 어마어마하겠군. 그 자체가 이 나라의 큰 재산이니 말이야."

"하지만 안창남 사장이 우주선을 타고 가기에 가장 적합한 사람입니다. 위험을 감수하지 않고 큰일을 이룰 순 없습니다."

장성호의 이야기를 듣고 이척이 고개를 끄덕였다. 그리고 우주선을 조종할 안창남이 무사히 돌아오기만을 기원

했다. 만반의 준비로 사고 없이 대업을 이루고자 했다.

두달 후 발사장에 다시 우주발사체가 기립됐다. 이립을 갓 넘긴 남자가 하얀 우주복을 입고 모습을 드러냈다.

촬영기가 안창남의 모습을 찍고 있었다.

기자들이 몰려서 질문들을 던졌다.

"최초로 우주로 향합니다! 소감은 어떻습니까?!"

"떨립니다."

"비록 진환이 무사히 돌아왔지만 아직 사람이 우주로 향했다가 돌아온 적이 없습니다! 사고가 없도록 준비가 잘 되었는지요?!"

"우주선에 대한 통제는 통제소에서 원격으로 행할 것입니다. 제가 우주선을 조종하는 경우는 비상시에나 행하여질 것입니다. 비상 조종을 위해서 1년 넘게 훈련을 받았습니다."

다시 기자가 질문하려고 했다.

그때 발사장 직원이 팔을 들면서 앞을 막았고 나머지 질문은 통제소장이 직접 하기로 했다.

안창남의 답변은 우주에 다녀와서 듣기로 했다.

그렇게 우주선에 몸을 실었고 누운 상태로 창밖에 보이는 하늘을 쳐다봤다.

발사장의 직원이자 기술자들이 안전띠를 매어줬고 직접 우주선을 제작한 안창남이 눈을 감고 발사 순간을 기다렸다. 잠시 후 수 세기에 돌입했고 '영'에 이르렀을 때 발사라는 외침이 통제소의 스피커를 통해서 크게 울려 퍼졌다.

우주선을 실은 발사체가 하늘 높이 솟구쳐 올랐다. 통제소에서 소장이 크게 외쳤다.

"우리별 6호! 발사 성공입니다!"

"와아아~!"

함성이 터졌고 사람들이 박수를 치면서 환호했다.

통제소 안에 이척이 행차해 있었다.

그가 과학기술부대신인 박은성에게 물었다.

"이걸로 우주선 발사가 성공한 것인가?"

대답을 들었다.

"완전한 성공은 아닙니다. 하지만 가장 큰 고비를 넘긴 셈입니다. 발사체가 외기권으로 나가기까지가 가장 힘듭니다."

설명을 듣고 고개를 끄덕였다. 성공을 이루기까지 여러 개의 산이 있다는 것을 알게 됐다.

그리고 잠시 후 다시 산 하나를 넘었다.

통제소의 직원이 큰 소리로 보고했다.

"우주선 분리 성공! 발사체로부터 무사히 분리됐습니다!"

"와아아!"

다시 탄성이 터져 나왔고 이내 무전 교신이 이뤄졌다.

─통제소. 통제소. 여기는 우리별.

"여기는 통제소! 송신 바람!"

─현재 외기권을 날고 있다. 비행 자세도 문제없다.

"기압과 산소 밀도는 어떠한가?"

─정상이다. 온도도 18도로 유지되고 있다.

"보호구를 벗을 수 있으면 벗기 바란다."

—이미 벗은 상태다. 그리고 선내가 쾌적하다. 창문 밖으로 지구가 보인다.

지구가 보인다는 말에 통제소가 조용해졌다.

모든 사람들이 안창남이 보는 지구의 모습을 상상했다.

전에 위성을 통해서 봤던 지구 사진을 기억했다.

—너무 아름답다. 사진으로 봤던 것과는 비교할 수 없을 정도로 너무 아름답다. 언젠가 우리 후손들이 자유롭게 저 풍경을 볼 수 있기를 원한다.

통제소장이 미소를 지으면서 이야기했다.

"인류 최초로 우주인이 된 것을 축하한다. 한시간 동안 우주에서 보는 지구를 잘 감상하고 지상으로 내려오길 바란다. 돌아와서 그 감상을 알려 달라. 수고 대기."

—수신 대기.

교신을 대기 상태로 하고 마이크를 잠시 껐다.

그리고 통제소에서 사람들의 환호성이 울려 퍼졌다.

"해냈어!"

"드디어 조선이 우주에 처음으로 사람을 올려 보냈어!"

"우리가 우주로 진출하다니!"

귀환까지가 모든 임무의 끝이었다. 그러나 사람들은 이미 모든 것을 이룬 것 같은 기쁨을 맛보고 있었다.

조선이 세계 최초로 우주에 인류를 보냈다. 그 기록은 조선 만대 후손의 영예로 남을 수밖에 없었다.

이척이 환하게 웃었고 그와 함께 있던 박은성과 장성호

가 함께 미소 지었다. 영출기 방송이 이뤄지면서 조선의 모든 사람들이 기뻐했다. 그리고 세상에 조선이 유인 우주선을 쏘아 올린 사실이 타진됐다.

신문을 든 미국의 건설노동자가 크게 놀랐다.

"맙소사! 고려가 이번에는 사람을 우주에 보냈어!"

"개를 보낸 지 얼마나 됐다고 사람까지 보내?"

"거짓말 아냐? 정말로 우주선을 타고 사람이 우주로 향한 거야?"

"우리가 했다면 거짓말이겠지. 하지만 고려가 우주선을 띄웠으니 사실이야. 고려는 정말 대단한 나라야!"

"이야~"

"우와~"

감탄이 그치지 않았다. 신문을 읽는 모든 사람들이 탄성을 터트렸고 신문에 실린 지구 전경 사진을 보면서 우주에서 보는 지구를 상상했다. 푸른 보석이라는 수식어가 달린 지구가 얼마나 아름다운지 감히 가늠할 수 없었다.

그리고 전 세계의 관심 속에서 안창남이 타고 있는 우주선이 엄청난 열기를 내며 조선해에 떨어졌다.

구조선에 안창남이 올라타면서 큰 환호를 받았다.

기자가 안창남에게 소감을 물었다.

[어떻습니까?]
[또 가고 싶습니다!]
[우주로 말입니까!]

[예! 정말 이 땅 위에서 경험해보지 못할 많은 것을 경험했습니다! 우주에서 보는 지구는 너무나 아름답습니다! 그리고 무중력 상태로 몸이 떠다니는 것은 너무나도 기이했습니다! 저는 처음이지만 이제 시작입니다! 우리가 처음으로 기록하는 많은 것들이 남아 있습니다! 무사히 다녀온 사실에 감사함을 느낍니다!]

기자가 새소식을 보는 시청자들에게 이야기했다.

[이렇게 유인 우주선 발사는 성공적으로 끝났습니다! 하지만 이제 시작입니다! 정부는 앞으로 5년 안에 달 착륙선을 쏘아 올린다는 계획입니다! 그리고 인류는 본격적으로 우주개척에 나설 것입니다! 이상으로 김창훈 기자였습니다!]

탁현의 엘리트폰으로 영상이 재생됐다. 그와 함께 영상을 보던 흐루쇼프와 소련 학자들이 침묵했다. 우주선에서 촬영 된 지구의 모습이 두번째 영상으로 재생되고 있었다. 그리고 푸른 보석과 같은 지구를 보면서 조선이 정말로 유인 우주선을 쏘아 올렸다는 사실을 인정했다.

지구를 보고 아름다움을 느끼기보다 소련의 처지를 비교하면서 슬픔을 느꼈다.

영상 재생이 종료되자 깊은 한숨이 흘러나왔다.

흐루쇼프가 탁현에게 물었다.

"우주선 조종사도… 경쟁을 통해 뽑은 것이오?"

탁현이 고개를 끄덕였다.

"우주선을 조종할 수 있는 가장 적합한 사람에게 맡긴 것이오. 하지만 더욱 중요한 것이 있소. 그것은 간절히 소망하는 사람에게 맡기는 것이오."

"소망하는 사람에게……."

"원하지 않는 사람에게 일을 맡겨봐야 좋은 성과는 절대 이룰 수 없소. 최소한 가족을 먹여 살리기 위해서 억지로라도 일하는 상태라도 되어야 하오. 그래야 가족의 미소를 보고 보람을 느낄 테니까. 하지만 하기 싫은 일을 시키면서 돈을 거저 준다면……."

"일을 하지 않고 받기만 하겠군……."

"그렇소. 그래서 간절함을 가진 사람들, 그중에서 실력이 가장 뛰어난 사람에게 맡기는 것이오. 영상의 안사장은 오래전부터 항공기를 제작해왔고 그 항공기로 시범 비행을 벌여왔었소. 그리고 이번에는 우리별 6호 제작을 맡아서 지휘했소. 우주선을 개발한 사람인만큼 누구보다 잘 알고 있소. 그런 경력도 고려에서는 실력으로 인정하오. 왜냐하면 실패할 확률이 가장 낮으니까."

"……."

"그가 실패하면 다른 사람은 볼 필요도 없소."

통역을 듣고 흐루쇼프가 고개를 끄덕였다. 그와 마찬가지로 소련 학자들도 크게 공감하면서 반문조차 하지 않았다. 이제 새로운 세상에 눈을 뜨게 됐다.

그런 기색을 알아차리면서 탁현이 미소를 지었다.

소련의 인민과 인류의 미래를 구할 검으로 바뀔 것이라고 생각했다. 그때 정보국 요원이 굳은 표정을 지은 채로 탁현에게 왔다.

"무슨 일인가?"

요원에게 탁현이 물었고 대답을 들었다.

요원의 입이 쉽게 떨어지지가 않았다.

"폐… 폐하께서 위독하시다 합니다…….."

"폐하께서?"

"예. 사령관님… 태상황제 폐하께서 쓰러지셨다 합니다…….."

이희가 쓰러져서 위독하다는 소식이 전해졌다. 탁현은 올 것이 왔다는 생각을 했고, 요원들과 특임대 대원들은 크게 술렁일 수밖에 없었다. 그들에게 있어서 이희는 조선 민족 역사상 가장 뛰어난 지도력을 가진 군주였다.

황제였던 이희를 중심으로 나라와 백성을 위해 온 힘을 다했다.

*　　*　　*

역사를 창조했던 위대한 군주가 창덕궁 후원에서 산책하다가 갑자기 쓰러졌다. 그리고 눈을 떴을 땐 온몸의 기력이 쇠해진 상태였다. 한쪽 팔이 움직여지지 않았다. 그리고 한쪽 눈이 보이지 않았다.

곁에서 울음소리가 나서 고개를 돌리자 자식인 이척이 근심 어린 시선으로 보고 있는 것을 알게 됐다.

이희가 이척을 향해서 불렀다.

"황상……."

"아바마마."

"황상이 어찌 여기에 있는 것이오…? 그리고 짐은 대체 어디에 있는 것이오……?"

아비의 물음에 이척이 대답했다.

"소자, 아바마마께서 쓰러지셨다는 소식을 듣고 왔습니다… 그리고 이곳은 아바마마의 침전이옵니다… 부용지에서 산책하시다가 쓰러지셨습니다……."

"부용지에 있었던 것은 기억 나오……."

"이틀 동안 혼수상태에 계셨습니다."

"……."

자식으로부터 이야기를 듣고 무슨 일이 있었는지 알게 됐다. 그리고 주치의로부터 이야기를 들었다.

"뇌일혈이었습니다……."

"뇌일혈……."

"두뇌에 심장에서 뻗어나가는 무수한 혈관이 있사온데 그중 한 혈관이 핏덩이에 막히면서 괴사가 일어났습니다. 도중에 심장이 멈춰서 전기충격기를 통한 소생술도 벌였습니다. 송구합니다. 폐하……."

"짐을 살리기 위해서 최선을 다했는데… 송구할 게 무엇인가… 지금 이렇게 눈을 떠서 황상을 보게 된 것만으로도 감사한 일이다… 그저 고맙노라…….”

　이희가 주치의에게 고맙다는 말을 했다. 그 말에 울컥해서 주치의와 의원들이 눈물을 흘리며 머리를 숙였다.

　이척이 부어오른 아비의 팔다리를 봤다. 몸에서 부종이 일어나고 있었고 그것은 곧 수명을 다해가는 것과 같았다. 주치의가 한 말을 머릿속에서 떠올렸다.

　‘신장의 기능을 상실하셨습니다.’

　‘신장의 기능을 말인가? 그러면 아바마마께서 어떻게 되시는 건가?’

　‘사람의 소변은 말 그대로 노폐물입니다. 장기가 활동하면서 생겨난 노폐물이 신장에서 몸에 필요한 양분과 나뉘어져서 수분과 배출됩니다. 그것이 소변입니다. 그 기능을 상실하셨기에 계속해서 몸에 노폐물이 쌓입니다. 하지만 그것은 투석으로 얼마든지 걸러낼 수 있습니다. 문제는 심장입니다.’

　‘심장…….’

　‘폐하의 심장이 많이 쇠하셨습니다. 정말로 뇌일혈 때문에 심장이 정지되셨다면 소생은 이미 불가하셨을 겁니다. 그런데 소생술로 심장이 다시 움직였다면 이것은 뇌일혈이 직접적인 원인이 아니라, 이미 심장의 기운이 많이 떨어진 상태인 겁니다. 조만간 다시 폐하께서 위급해지실 수 있습니다.’

주치의가 한 말을 떠올리면서 이척의 표정이 어두워졌다. 자식의 얼굴을 본 이희가 자신의 상황을 인식했다.

"황상⋯⋯."

"예. 아바마마."

"아비가 걱정되는 것이오⋯⋯?"

"예⋯ 소자, 아바마마를 다시 뵐 수 없게 될까 두렵습니다⋯⋯."

"아비도 두렵소⋯ 황상을 다시 볼 수 없게 될까 말이오⋯ 이미 많은 것을 이루고⋯ 또한 보았지만⋯ 그것이 아비를 가장 힘들게 하오⋯ 하지만 억지로 붙든다고 이 생을 계속 지킬 수는 없겠지⋯⋯."

"쾌차하실 겁니다. 아바마마⋯⋯."

"병석에서 일어날 수 없다는 것을 이미 알고 있소⋯ 황상이 거짓말을 잘 못한다는 것도 아비가 잘 알고 있으니까⋯⋯."

"⋯⋯."

"그저 생각한 것보다 더 많은 것을 누렸다는 사실에 감사하오⋯⋯."

이희의 이야기를 듣고 이척의 마음이 조금 가벼워졌다.

행여나 아버지에게 미처 못 한 효도가 있을지는 않을까 마음이 무거웠다. 그러나 인생이 감사하다는 이야기를 하는 아버지를 보면서 어느 정도 부담이 덜어졌다.

그때 오랫동안 이희를 살펴왔던 상선이 고했다.

"폐하. 유성한 과장이 입궐했다 하옵니다."

"입전하면 들라 전하라……."

"예. 태상황 폐하."

보고를 듣고 이희가 미소를 지었다.

"세상이 많이 좋아졌군… 짐이 쓰러졌다는 소식을 듣고 미리견에서 단번에 올 수 있다니… 황상에게 아비가 부탁하겠소……."

"무엇이옵니까, 아바마마?"

"천군을 불러주시오… 아비가 말 할 수 없는 상태가 되기 전에 그들에게 전하고픈 이야기가 있소… 부탁하오……."

"알겠습니다. 아바마마."

가능하면 병석에서 일어나고 싶었다.

하지만 쉽게 일어날 수 있을 것 같지 않았다.

이척이 아비의 부탁을 받아 천군을 불렀다.

재위 시절에 조선을 일으켜 세웠던 이들이 모여서 병석에 누워 있는 이희 곁에 앉았다. 김인석과 장성호, 박은성이 있었고, 유성혁과 미국에서 온 유성한이 함께했다. 성한을 보고 이희가 반가워했다.

그리고 옛 대신들의 얼굴을 보면서 환하게 웃었다.

이척에게 아비로서 한번 더 부탁했다.

"황상."

"예. 아바마마."

"천군과 이야기를 나누고 싶소… 사람들을 물려주시오… 누구도 엿듣지 않게 해주시오……."

"알겠습니다, 아바마마."

다시 아비의 부탁을 받아 상선과 관리들에게 황명을 내렸다. 천군을 제외하고 아버지인 이희 곁에 어떤 사람도 남기지 않았다. 심지어 황제인 이척조차 침전 밖으로 나가서 다시 입전해도 된다는 이야기가 있기를 기다렸다.

안에서 천군이 나오기를 기다렸다.

그리고 침전에는 이희와 천군만이 남게 됐다.

성한을 보면서 이희가 물었다.

"언제 온 것인가?"

"한시간 전에 도착했습니다."

"한시간 전에 한양에 도착했다면 김포 공항에는……."

"두시간 전에 도착했습니다. 그리고 어제 미리견에서 소식으로 듣고 급히 왔습니다."

"하루 만에 지구 반 바퀴를 돌았군……."

"예. 폐하."

"세상이 많이 좋아졌어… 짐이 자네들을 만나기 전만 하더라도 배를 타고 몇 달이나 항해를 벌여야 닿을 수 있는 거리였는데 말이야… 자네들 덕분에 조선이 정말로 많은 것을 이뤘어……."

"폐하께서 저희들을 지원해주셨기 때문에 가능한 일이었습니다."

"자네들이 유능해서였네… 그렇지 않으면 설령 미래를 알고 있다고 해도 불가능한 일일 테지… 그때 짐의 황후가… 중전이 살아남은 순간부터 모든 미래가 바뀌었으니 말이야… 지금의 조선이 있는 것은 오직… 자네들이 있었기 때문이다…….”

“망극하옵니다.”

“좀 더 자네들을 일찍 만났어야 했어…….”

1895년 을미년 뒤로 조선은 영광의 시대를 보냈다.

열강의 힘을 빌려 조선을 노리는 일본의 침략 계획을 좌초시켰고 군사력을 키워 조선을 노린 제국주의자들을 끝내 소탕했다. 그 뒤로 중국의 내전에 개입했고 적국이 된 러시아를 패퇴시켰다. 러시아 동쪽 영토를 할양받고, 유럽의 대전에도 참전해 평정을 이루고 2차 세계 대전의 불씨를 지웠다. 조선을 유일한 기축통화국이자 절대 강국으로 발전시켰다.

그러나 그것으로 만족되지 않았다.

미래를 구했지만 과거를 구하지 못했다.

일본군과 관군에 의해 학살당한 동학도가 떠올랐다. 백성을 지켜야 할 군대로 오히려 백성을 도륙했던 때의 기억을 떠올렸다. 그는 죄인이었다.

죽는 순간까지 그 죄를 안고 가야 했다.

과거를 바꾸고 싶다는 생각이 들었다.

“욕심이로군…….”

“더 일찍 만났어야 한다는 말씀을 말입니까?”

“그래… 이렇게 미래가 바뀌었다는 것만으로 만족해야 할 것 같네… 바꾸지 못한 과거에 대해서는 짐이 신 앞에서 죄를 고백하고 사죄해야 하는 것이겠지… 그저 후손들의 미래가 밝혀진 사실에 감사할 따름이네… 자네들을 불러서 고맙다는 말을 하고 싶었네…….”

“저희들이야말로 감사했습니다.”

“황상의 치세가 이어지는 동안에는 그래도 자네들이 함께 할 수 있겠군… 황상을 불러주게…….”

이척을 부르고자 하는 이유를 알아차렸다.

이희의 의도를 확인하고 장성호가 직접 밖으로 나갔다.

그리고 밖에서 기다리던 이척이 안으로 들어왔다.

곁에서 자식이 무릎 꿇고 앉자 이희가 그동안 하지 못했던 이야기를 전했다.

그 이야기는 마치 유언과 같았다.

“황상…….”

“예. 아바마마.”

“천군이 어떠한 자들인지 알고 있소?”

“알고 있습니다. 조선을 구한 영웅들이지 않사옵니까?”

“그것은 표면적인 것밖에 되지 않소… 아비가 황상에게 이들이 누구인지 알려줄 것이니 절대 다른 이에게 발설해서는 안 되오… 그 순간 조선의 미래는 사라지게 되오…….”

“알겠습니다.”

“이들은 미래에서 온 후손들이오…….”

“…….”

“수백년을 거슬러 을미년으로 왔소…….”

“……?!”

이희의 이야기를 듣고 이척이 심히 놀랐다.

금방 들은 것이 환청처럼 여겨졌다.

"아… 아바마마… 소자, 아바마마께서 하신 말씀이 이해되지 않습니다. 천군이 미래에서…….'"

"미래에서 왔소."

"그… 그것이 가능한 일이옵니까……?"

이척이 떨리는 목소리로 물었고 장성호가 대답했다.

"가능합니다."

"무어라……?"

"저희들이 여기에 있기에 가능한 것입니다. 1895년, 을미년을 기점으로 모든 게 바뀌었습니다."

거듭 을미년이 언급되자 이척이 곰곰이 생각했다.

그때 어떤 일이 있었는지를 떠올렸고 갑자기 나타난 천군을 기억했다.

"맙소사…! 그때!"

이희가 자식에게 말했다.

"네 어미는… 그때 죽었어야 했다… 그런데 후손들이 와서 네 어미와 조선을 살렸다… 그 사실은 지금 이 순간부터 너만 알고 있거라…….'"

침묵이 맴돌았다. 소리 쳐서 놀라서도 안 됐고 사실이냐고 물어서도 안 됐다. 침전 밖으로 소리가 새어나가지 않도록 숨을 죽였다. 그로부터 일주일이 지났다. 이척이 동토 땅으로 나아갔다. 그곳에 진실이 묻혀 있었다.

혼돈의 끝으로 향하다

　여름이었다. 그러나 하얀 눈밭이었다. 눈 위로 발자국들이 새겨지며 노신들과 함께 북쪽 동토의 땅을 방문한 이척이 막에 씌워진 우주선을 보게 됐다.

　그 우주선은 안창남이 타고 비행했던 우주선과 비교할 수 없을 만큼 컸다. 우주선을 보면서 이척이 물었다.

　"이 우주선이 환웅함인가?"

　"예. 폐하."

　"어떻게 해서 승함하는가?"

　"이쪽입니다. 신이 뫼시겠습니다."

　장성호가 앞장섰고 그 뒤를 이척이 따라서 움직였다.

박은성을 비롯해 과학기술부에 속한 천군 관리들과 성한도 따라 움직였다. 그들은 환웅함 하부에 위치한 문을 열고 이척과 함께 환웅함에 승함했다.

밖은 맹추위였지만 안은 상당히 따뜻했다.

함교로 이척이 들어오면서 눈을 키웠다.

함교 장비들을 보면서 눈동자를 떨었다.

앞에 보이는 것들이 도저히 믿어지지가 않았다.

"이것들이 전부 미래의 기물이란 말인가……?"

"예. 폐하."

"정말로 미래에서 왔었다니… 어떻게 이런 일이…….."

천군에 대해서 가졌던 모든 궁금증이 풀렸다.

어째서 조선이 세상을 압도하는 기술을 가지게 되었는지, 세계 유일의 초강대국이 되었는지를 알게 됐다.

성한이 이척에게 이야기했다.

"오는 동안 폐하께 말씀 드렸던 대로, 태상황 폐하의 내탕금을 가지고 미리견으로 향했습니다. 그리고 그곳에서 사업을 벌여 내탕금을 불렸습니다. 그 뒤로 있어난 일들은 폐하께서도 아시는 이야기입니다."

"정말로… 조선이 식민지가 되어야 할 운명이었단 말인가… 그 후로 남북으로 갈라져서 100년 동안 동란을 벌이고…….."

"다시 100년 동안 평등이라는 이념에 집어 삼켜져서 모든 것이 엉망이 되었습니다. 남녀평등과 노사평등으로 위장한 혼돈 속에서 말입니다. 혼인과 출산이 사라지고 아이

90

를 낳지 않는 미래가 펼쳐지면서 이웃 강대국의 국력에 짓눌렸습니다. 그리고 뒤늦게 우주 개척에 나섰다가……."

"엘륨이라는 중요 광물을 발견했다 했었지……."

"우주를 도약하게 할 수 있는 유일한 광물입니다. 그 광물이 묻힌 별을 발견해서 태극기를 꽂았을 때 중국과 일본이 조선을 침략했습니다. 그 두 나라는 현재 폐하께서 잘 모르시는 나라일 겁니다. 국호도 중화민국과 일본 공화국이 아닌, 중화인민공화국과 일본제국입니다. 그리고 과거로 온 저희들이 미래를 바꾸려고 했습니다."

"조선을 핍박받지 않는 나라로 만들기 위해서 말인가?"

"그뿐 아니라 세상을 변화시키기 위해서입니다. 공정한 경쟁을 벌이면서도 배려할 수 있도록 말입니다. 평등이라는 감상 좋은 거짓말에 사람들이 속지 않게 만들려고 합니다. 그래야 분쟁을 최소화할 수 있고, 조선의 국력이 쇠하더라도 그와 같은 비극을 겪지 않을 겁니다. 또한 다른 약소국이나 소수 민족도 수모를 겪지 않을 겁니다. 지금까지 그것을 목표로 국력을 키우고 세상을 조율했습니다."

"소련의 공산주의도 말인가?"

이척의 물음에 장성호가 나서서 대답했다.

"소련은 저희가 계산한 것이 아닙니다."

"그러면?"

"저희가 예상했던 대로 스탈린이 정권을 쥐었어야 합니다. 하지만 트로츠키가 정권을 잡았고 그는 공산주의와 평등주의에 집착하는 인물입니다. 스탈린이었다면 무늬만 공산주의였을 겁니다."

"그래서 전에 더욱 최악이 될 것이라고 말한 것인가?"

"일본의 식민 지배를 받았다가 독립한 조선이, 대한민국이 경험했던 모든 것을 소련이 경험하게 될 겁니다. 그것도 근시일 안에 말입니다. 세상은 악함의 끝을 보게 될 겁니다."

장성호의 이야기를 듣고 이척이 고개를 끄덕였다.

그리고 다시 환웅함을 살폈다. 그와 천군에게 물었다.

"이곳에 계속 숨길 것인가?"

"예. 폐하."

"최대한 숨기겠지만, 언젠가 들키게 될 것이다."

"그래서 미리 둘러댈 수 있는 거짓말을 만들었습니다."

"어떤 거짓말을 말인가?"

"인간의 것이 아닌 것으로 말입니다. 누군가 환웅함을 발견하게 된다면 저 우주 너머의 것으로 알게 될 겁니다. 환웅함의 언어를 암호화시키고 인류의 언어를 지울 겁니다. 또한 역사에 관한 정보들을 소거할 겁니다."

역사를 수정하는 행위였다. 그러나 이미 미래가 바뀌면서 그 행위에 대해 논란을 부여할 수 없었다.

실패한 혁명은 반역이지만, 성공한 반역은 혁명이었다.

새로운 역사가 창조되고 있었다.

"경들이 없었다면 조선은 지금 일제의 식민 지배를 받고 있었겠군……."

장성호가 이척에게 말했다.

"이미 폐하께선 승하하셨을 겁니다. 1926년에 승하하셨던 걸로 기억합니다."

소름을 느끼면서 이척이 고개를 끄덕였다. 그리고 더욱 천군을 신뢰하게 됐다. 아버지인 이희가 자신에게 그들의 정체를 밝힌 이유를 깨달았다.

"짐이 환웅함의 진실을 아는 마지막 인류가 되겠군."

"아마도 그럴 것입니다."

"경들은 조선을 위해서 살다간 위인들이 될 것이고, 짐은 경들을 신뢰한 군주로 역사에 남을 것이다. 그리고 지금까지 그래왔었던 것처럼 길을 알려 달라. 짐은 경들이 마련한 대로 위를 당당히 걸을 것이다. 조선 만민과 함께 말이다. 우리 민족이 만국 인류의 길잡이가 될 것이다."

함 내에 있던 모든 사람들이 머릴 숙였다.

"황명을 받들겠습니다. 폐하."

동토에 잠들어 있던 환웅함을 보고 다시 한양으로 돌아왔다. 그리고 돌아왔을 때 이희의 병세가 더욱 심해진 사실을 알게 됐다. 혼수상태에 빠진 이희가 가쁜 숨을 내쉬었다. 눈에서 흰자위를 보이다가 의식을 찾고 겨우 주변을 볼 수 있게 됐다.

곁에 앉아 있던 이척이 아비의 손을 잡고 불렀다.

"아바마마……."

"황상……."

"아바마마……."

"아비가… 말했던 것을… 보았소……?"

"보았습니다. 아바마마."

"천군을 믿으시오… 그리고 그들이 하자는 대로 하시오… 그러면… 모든 것이 무탈할 것이오……."

"예. 소자, 아바마마의 말씀을 지키겠습니다……."

"오래 살았소… 이제 편히 쉬고 싶소… 조선을… 부탁하오……."

"아바마마…….."

"…….."

"아바마마…? 아바마마! 아바마마 눈을 뜨시옵소서! 아바마마!"

이희의 고개가 옆으로 흘렀다. 그것을 보던 이척이 아비를 끌어안고 몇 번이나 불렀다. 하지만 이희는 더 이상 눈을 뜰 수 없을 만큼 먼 세계로 향했다.

그로부터 칠일이 지났다. 조선 제국을 창건한 황제인 광무제의 시신이 담긴 관이 백성들 사이로 지나갔다.

상여가 앞으로 지나가자 육조거리 양편을 메운 백성들이 오열하면서 통곡했다.

"아아! 폐하!"

"어찌 이렇게 가실 수 있습니까?!"

"만민의 어버이시지 않습니까?! 그런데 자식 같은 백성을 버리시고 가실 수 있단 말입니까?!"

"폐하! 폐하!"

"흐흐흑! 흐흑……!"

"아아아……!"

94

주저앉아 땅을 치는 유생이 있었고, 허리를 굽힌 채 눈물을 흘리는 양복을 입은 직장인이 있었다. 그리고 아비와 따라 함께 눈물을 흘리는 아들과 딸이 있었다.

남녀노소 할 것 없이 이희의 승하에 구슬피 울었다. 상여가 지나가는 길마다 백성들이 양편에 서서 통곡했다.

눈물을 적신 어머니가 4살 딸의 손을 잡고 말했다.

"보이니?"

"네. 어머니……."

"폐하께서 계셨기에 네가 태어나고 꿈을 펼칠 수 있게 되었단다… 가시는 폐하께 인사 하거라……."

"네."

아이가 허리를 굽히면서 인사했다. 열강으로부터 나라와 백성을 지키고, 여인이 일할 수 있게 해주고, 공정한 경쟁을 벌일 수 있게 해준 군주였다.

그런 위대한 군주이자 조선 여성을 살폈던 군주가 아끼던 부인, 민자영이 묻힌 능지에서 나란히 묻히게 됐다.

봉분이 형성되고 '홍릉'이라 이름이 지어졌다.

조선이 왕국에서 제국으로 탈바꿈하면서 나라를 세웠던 이성계는 태조로 불리고 이희는 '고종'의 시호로 역사에 이름을 새겼다. 그렇게 영광의 시대를 열어젖힌 군주의 위대한 인생이 막을 내렸다.

국장이 끝나고 장성호가 하늘을 봤다. 근정전 앞마당인 정전에서 보는 하늘이 너무나도 맑았다.

멀리 뭉게구름이 피어오르고 있었다.

"무슨 생각을 하는가?"

이척을 알현했던 김인석이 곁에 와서 물었다. 그러자 장성호가 대답했다.

"이제 한 세대 정도 남은 것 같습니다."

"우리가 떠나기 전까지 말인가?"

"예."

"자네는 그렇겠지만 나는 아닐 수도 있겠군."

만 80세에 이른 김인석의 말에 장성호가 피식 웃었다.

그의 나이도 어느덧 만 70세였다. 수명이 훨씬 긴 미래인이었기에 보기엔 15년 정도 젊어보였지만 다른 조선인들 같았으면 이미 은퇴해서 여생을 누렸어야 할 나이였다. 시간이 얼마 남지 않았기에 그래서 더욱 소중했다.

조선과 인류를 위해서 반드시 해야 할 일들이 있었다.

"우리가 떠나기 전에 인류가 잘못된 길로 걷지 않도록 만들어야 합니다."

"이미 그렇게 하고 있네."

"아직은 부족합니다. 아직까지 평등이라는 단어는 달콤하게 들립니다. 그 끝에 무엇이 있는지 사람들이 알아야 합니다. 트로츠키가 정권을 잡은 소련이 평등주의의 모든 것을 보여줄 겁니다. 그 기회를 반드시 이용해야 합니다."

후손들에게 맡겨야 하는 일은 후손들에게 맡기고자 했다. 그러나 풀어헤칠 수 있는 짐마저 넘겨서는 안 된다고 생각했다. 감성에 휘둘리는 세상이 아닌, 이성으로 사리분별을 벌이는 세상이 오길 기대했다.

그런 세상은 오직 경험으로서만 이룰 수 있었다.

인류의 본성을 무시하는 극단적인 조치들이 소련에서 행해지기 시작했다.

*   *   *

교실에 아이들이 앉아 있었고 험악한 인상을 가진 남자 선생님이 칠판에 숫자를 써넣었다. 그리고 사칙연산으로 직접 문제를 풀다가 팔짱을 끼고 턱을 매만졌다.

잠시 후 고민 끝에 내린 답을 식 마지막에 써넣었다.

답을 본 아이 중 하나가 소리쳤다. 그 아이는 소련 인민의 소중한 자식이었다.

"선생님! 틀렸어요!"

"뭐?"

"6에 3을 더하는 것이 아니라, 6에 7을 먼저 곱하셔야죠. 그래서 63이 아니라 45예요."

"……."

제자의 말을 듣고 선생이 다시 칠판을 확인했다.

그리고 그것을 고치려 하다가 분필을 놓고 몽둥이를 들었다. 그리고 아이에게 말했다.

"나와."

"네?"

"나오라고! 어서!"

선생님이 호통을 치자 해맑게 웃던 아이가 금세 겁에 질렸다. 몽둥이를 보고 벌벌 떨다가 나가지 않으면 더 크게 혼날 것이라는 생각에 일단 나가서 고개를 숙였다.

그런 아이의 얼굴에 선생이 손으로 뺨을 날렸고 아이가 쓰러졌다. 비명을 지를 새도 없을 정도로 무지막지하게 맞았다. 이어 선생이 든 몽둥이가 아이의 팔과 몸에 휘둘러졌다. 둔탁한 구타음이 교실에서 울려 퍼졌다.

"어디서 감히, 선생님에게 지적질이야?! 앙?!"

"자… 잘못했어요!"

퍽 퍽, 하는 소리가 옆 교실에까지 울려 퍼졌다.

옆 교실 아이들은 손으로 귀를 막고 불안에 떨었다.

아이들을 가르치는 여교사가 한숨을 쉬었다. 그리고 분필을 놓고 아이들의 마음을 살폈다.

"얘들아."

"네. 선생님."

"우리 노래 부를까?"

"네……."

"자, 모두 음악교과서를 써내서 4페이지를 펴세요. 다들 배운 노래니까 큰 소리로 불러야 해요. 알았죠? 선생님이 반주를 할 테니까 맞춰서 해."

"네~"

"하나 둘 셋."

"전례 없이 자유로운 신생 조국에서~ 우리는 오늘 자랑스럽게 노래하네~ 세상에서 가장 강력한 당과~ 가장 위대한 이에 대하여~"

반주에 맞춰서 아이들이 노래를 부르기 시작했다. 아이들이 부르는 노래는 볼셰비키당 당가로 음악 교과서 첫번째를 장식하는 노래였다. 옆 교실에서 호통 치는 남자 선생님의 목소리를 지우려고 했다.

　초등학교 교사직에 할당제가 이뤄지면서 남녀 교사가 일대일로 배치되었다. 동시에 범죄를 저지르는 범인을 잡는 경찰도 남녀 비율이 일대일이 됐다. 식량 배급을 타서 집으로 돌아가던 여인이 보자기를 소매치기 당했다.

　소매치기범을 보면서 여인이 비명을 질렀고 이내 근처에 있던 경찰들이 소리를 듣고 와서 여인이 가리킨 방향으로 뛰기 시작했다. 물건을 품에 안은 소매치기범이 맨몸으로 뛰는 경찰을 이길 순 없었다.

　남녀 경찰이 막다른 골목에서 소매치기범을 포위했다.

　궁지에 몰린 범인이 결국 하지 말아야 할 짓을 했다.

　품에서 칼을 꺼내 경찰들을 위협했다.

　"오지 마! 오면, 찌를 거야!"

　곤봉을 든 남자 경찰이 여자 경찰에게 말했다.

　"하나 둘 셋 하면 같이 뛰어드는 거야."

　"아… 알겠어."

　"하나 둘 셋! 이얏!"

　푹!

　"으윽……!"

　"어떡해! 어떡해!"

　미리 짜둔 계획과 다르게 여자 경찰은 범인에게 달려들

지 않았고 칼을 든 소매치기범이 남자 경찰을 찌르면서 상해를 입혔다. 곁에 있던 여자 경찰은 어쩔 줄 몰랐다. 소매치기범은 도주했고 칼에 찔린 남자 경찰만 목숨을 잃었다. 결국 남자 경찰에 대한 장례가 공산당 차원에서 이뤄졌다. 여자 경찰은 맡은 바 소임을 다하지 않았다는 이유로 교화소로 보내어졌고 소매치기범은 경찰을 죽인 죄로 공개 처형당했다.

범인에게는 나름의 사연이 있었지만 그 사연은 절대 소련 인민들에게 알려지지 않았다. 그러나 조선 정보국 요원들과 탁현을 비롯한 특임대 대원들은 알고 있었다.

우랄 산맥에서 머물며 소련에서 일어나고 있는 일들을 수집하고 있었다. 요원으로부터 보고를 받은 탁현이 김상옥에게 이야기했다.

"화재로 양식을 잃었다고 하더군."

"생계형 범죄입니까?"

"그렇게 될 수밖에 없지. 소련에서는 배급받은 양식을 잃었을 때 다시 양식을 구할 수 없으니까. 그렇게 되는 순간 그들이 세운 평등이라는 논리가 무너지게 되네."

소량을 잃었다면 물물교환으로 메울 수도 있었다.

그러나 대량의 양식을 잃은 것이기에 쉽게 교환으로 거래할 수도 없었다. 수일 이상을 굶으면 생명에 지장이 갈 수밖에 없으니 소매치기범은 부득이 범죄를 저지를 수밖에 없었다. 그로 인해서 벌어진 안타까운 일이었다.

여자 경찰이 벌인 행동에 대해 김상옥이 주목했다.

"역시 남자와 여자는 다른 것 같습니다."

"남자의 체내에만 분비되는 특정 물질이 있고, 여자의 체내에서만 분비되는 특정 물질이 있지. 성별 유전 형질에 따라 선천적으로 분비되는 물질인데, 그것이 사람의 인성 형성에도 작용을 하네. 두뇌의 신경계에도 작용을 하니까 말일세. 그래서 옛날 사람들은 그것을 두고……."

"양기와 음기로 부른 것입니까?"

"알아듣기 쉽게 말하자면 그렇겠지. 개념은 다르지만 말일세. 어찌되었건 그 분비물은 장단점이 명확하네. 남성의 분비물은 폭력적 성향의 단점을 가지지만 용기를 불러일으키게 하고 근력 생성에 도움을 주네. 여성의 분비물은 감성적이고 공감 능력을 높여주지. 그래서 모양새를 내는 것에 유리함을 주네."

"그래서 군인과 경찰을 남자가 맡고, 아이를 가르치고 기르는 일을 여자가 맡아온 것입니까?"

"여태는 그래왔어. 제대로 된 교육이 이뤄지기 전엔 말이야. 진짜 문제는 남자와 여자의 성향을 무시한 할당제가 아니야. 남녀 성별을 막론하고, 일대일 할당제를 이루기 위해 준비되지 못한 자에게 직책을 맡겼기 때문이지. 이것은 자격이 없는 남자가 교사직을 맡은 것과 저번의 소련 소방원에 대한 것도 포함이 돼. 소련은 계속해서 망해갈 거야."

"예. 사령관님."

탁현의 이야기를 듣고 김상옥이 강한 동의를 나타냈다.

공정한 경쟁보다 평등한 결과가 앞서면 어떤 세상이 펼쳐지는 지를 엿보고 있었다. 그때 정보국 요원들이 취한 첩보가 두 사람에게 닿았다.

보고문을 받고 탁현이 미간을 좁혔다.

"이게 사실인가?"

"예. 사령관님."

믿어지지 않는다는 말투로 요원에게 물었다.

그리고 요원이 답하자 탁현의 표정이 훨씬 심각해졌다.

김상옥이 상관에게 물었다.

"무슨 일인지 제가 알아도 되겠습니까?"

탁현이 알려줬다.

"트로츠키가 미친 짓을 벌였어."

"예?"

"놈이 드디어 평등에 모든 것을 바치는 괴물이 되었네. 내년부터 혼례도 국가에서 통제한다고 하네."

"맙소사……."

"이제부터 엄청난 혼란이 벌어지게 될 것이네. 우리는 군부에서 명령이 떨어지면 곧바로 임무를 수행해야 되지만 더욱 중요한 것은 소련에서 벌어지는 모든 혼란을 기록하는 것이네. 그것이 조선과 미래의 인류를 구할 것이네."

"예. 사령관님."

크나큰 사명이 요원들과 대원들에게 주어졌다. 그 사명은 무엇과도 바꿀 수 없는 사명이었다. 인류 전체가 겪게 될 재앙을 소련에 국한시키고 반면교사로 삼으려고 했다.

그런 생각을 가질 수 있는 사람들은 오직 천군만이 유일했다. 그들은 남들이 가지지 못한 역사적 경험을 소유한 자들이었다. 소련에 대대적인 조치 예고가 떨어지기 며칠 전이었다. 트로츠키에게 한 인민의 민원서가 전해졌다. 민원서 안엔 구구절절한 이야기가 담겨 있었다.

[트로츠키 주석 동지께]

[주석 동지. 저는 이고르 레조노프라고 하며 레닌그라드에서 제빵을 맡은 노동자입니다.

다름이 아니라 제 나이가 어언 40세가 되었습니다. 그런데 40세가 되는 동안 단 한번도 연인을 만난 적이 없습니다. 때문에 결혼조차 못했습니다.

친구들 대부분은 여자들을 만나고 연인이 되었다가 짝을 만나서 결혼했습니다. 그 친구들은 하나같이 저보다 키가 크고 잘 생겼습니다. 거울을 볼 때마다 저는 눈물을 흘립니다. 입술은 들려 있고 콧구멍도 잘 보일 만큼 들창코입니다. 그리고 저의 키는 일터에서도 제일 작습니다.

이런 저를 누가 감히 좋아하고 사랑할 수 있겠습니까? 또한 어떻게 결혼하고 아이를 낳을 수 있겠습니까?

하지만 만약 공산주의와 사회주의라면, 이런 저도 부인을 만나서 결혼할 수 있지 않을까 합니다.

그럴 수 있는 희망을 품고 있습니다.

가족을 원합니다.

부디 주석 동지께 모든 것을 맡깁니다.]

"……."

민원서를 읽고 감상에 젖어들었다.

트로츠키가 비서에게 물었다.

"40살이 되어서도 결혼을 못하다니… 이런 경우가 많소?"

"꽤 있는 것으로 압니다."

"꽤 있다……."

"남자들은 예쁜 외모를 가진 여자를 찾고, 여자는 잘생기고 남자다움이 넘치는 남자를 찾습니다. 외모에서 합격이 이뤄지면 그 다음 성격을 보고 결혼을 위한 능력을 봅니다."

"우리 공산주의에서 능력을 보는 것은 반동이나 하는 짓이오. 왜냐하면 집과 양식, 옷까지 전부 공동 생산해서 분배하니까. 그렇다면 외모와 성격으로만 결혼한다는 이야기인데, 중요한 것은 그것을 고려한다는 것 자체가 새로운 계급이 되는 것이오. 외모와 성격이 좋은 남녀가 결혼을 마음대로 주무를 수 있소. 그것은 또 다른 불평등이오."

"맞습니다."

"지금 바로 공산당 위원들을 소집하시오. 이 일에 관해서 회의를 치른 뒤 특단의 조치를 내리겠소. 바로 호출하시오."

"예. 주석 동지."

자율을 허용하는 부분에는 언제나 경쟁이 펼쳐질 수밖에 없었다. 그리고 경쟁은 승자와 패자를 낳고, 결국 평등주의를 무너뜨리는 심대한 요소가 될 수밖에 없었다.

그러한 요소를 반드시 지우고자 했다. 트로츠키 주관 하에 크렘린에서 회의가 열렸고 공산당 주요 위원들이 출석해 공산주의를 지키기 위한 의제로 논의하기 시작했다. 상석에 앉은 트로츠키가 위원들에게 말했다.

"여기 이 민원서들이 보이시오? 이 민원서에는 내게 결혼을 하고 싶다고 조치를 구하는 인민의 민원이오. 읽으면 알겠지만 나이 40살이 되어서도 결혼을 하지 못한 인민이 있소. 또 어떤 인민은 못생겼다는 이유로 남자에게 멸시를 받는 여자 인민도 있소. 그들이 못생기고 싶어서 못생긴 것이겠소? 절대 그렇지 않소. 그들도 평등하게 이성을 만나고 결혼할 수 있어야 하오. 만약 원하는 상대하고만 결혼할 수 있게 되면 결국 경쟁을 벌여야 하고, 그것은 또 다른 계급을 낳게 되는 것이오. 잘 생기고 예쁜 외모를 가진 것은 부르주아와 같소! 그러나 그런 이유로 교화소에 보내고 반동으로 규정할 수 없으니, 우리는 제도를 먼저 고치는 것으로 공산 평등주의의 완성을 이룰 것이오. 의견이 있으면 말해 보시오."

트로츠키가 위원들에게 의견을 물었다.

그리고 침묵이 이어지다가 한 위원이 입을 열었다.

"결혼 제도를 평등하게 이뤄야 한다 생각합니다."

"어떻게 말이오?"

"사회주의 이념으로 말입니다. 평등을 위한 공산주의며, 공산주의를 위한 사회주의입니다. 당의 통제로 배우자를 지정해서 결혼을 할 수 있도록 만든다면, 누군가는 결혼하고 누군가는 결혼하지 못하는 비극을 막을 수 있습니다. 당에서 결혼을 지도해야 합니다."

듣고 싶었던 대답이었기에 트로츠키가 동의했다.

"맞소. 내 생각도 그렇소. 다른 위원들의 생각은 어떠하오?"

"……."

"반론이 없다면 당에서 결혼을 지도하는 것으로 하겠소."

결론을 내리고 다음을 생각했다. 큰 그림을 그리고 세부 묘사를 하기 시작했다.

어떻게 결혼을 통제할 것인지 물었다.

"결혼하기에 적절한 나이는 몇 살이라고 생각하오?"

"고등학교를 졸업하면 만 18세가 되고 입대해야 되니, 제대 후에 결혼하는 것이 가장 좋을 것 같습니다. 그래서 저는 만 21세가 되면 결혼해야 한다고 생각합니다."

"내 생각도 그렇소. 그리고 그때까지 남녀가 자유연애를 하는 것을 막아야 된다고 생각하오. 자유연애는 반드시 곧 경쟁을 낳으니 말이오."

"지당하신 말씀입니다."

"만 21세에 결혼을 하고, 대를 이은 혁명을 완성하기 위해서 만 22세부터 6년 동안 3명의 아이를 낳아야 한다고 생각하오. 젊을 때 낳아야 아이 또한 건강하오."

"맞습니다. 주석 동지."

"반론이 없다면 이대로 결혼 제도를 고치고 출산 제도를 만들겠소. 아이에 대한 보육은 당에서 담당할 것이오."

트로츠키가 위원들에게 반론이 있는지 물었다.

어느 누구도 그에게 반론을 제기하지 못했다.

단지 미처 살피지 못한 인민이 있는지를 생각했다.

그러던 중에 한 위원이 손을 들어서 말했다.

"주석 동지."

"음? 할 말이 있소?"

"예. 저… 결혼 제도와 출산 제도에 대해서는 찬성합니다만, 만약 성비가 다를 경우엔 어떻게 되는 것입니까?"

"성비?"

"현재 소비에트에서 남자들의 수가 적습니다. 러시아 황실의 패착과 반동과의 전투로 그 희생이 어마어마했습니다. 때문에 많은 수의 여인들이 결혼을 할 수 없게 됩니다."

"……."

"그녀들에게도 결혼의 길이 열려야 합니다."

"……."

문제 제기에 위원들이 술렁였다. 트로츠키의 미간이 좁혀졌고 다른 위원이 심각하게 고민하다가 입을 열었다.

성비가 얼마나 되는지부터 물었다.

"현재 남녀 성비가 대체 어떻게 되오?"

"2대3이오."

"2대3……."

"결혼했다가 미망인이 된 여성을 제외한 것이오. 그리고 나이를 불문한 비율이오. 이번에 인구 조사를 벌이다가 알게 된 사실이오."

이야기를 듣고 있던 다른 위원이 기막힌 표정을 지었다.

"불가능한 일이지 않소? 우리는 완전한 일대일 할당제를 이뤘소. 그런데 어떻게 남녀 비율이 다를 수 있는 거요? 그러면 여태껏 해온 할당제는……."

트로츠키가 말했다.

"조작된 것이겠지……."

"주… 주석 동지……?"

"여태 할당제에 문제가 없었다는 것은 거짓말이었던 것이오. 이번에 그 사실을 알게 되는군……."

"맙소사……."

동지라 여겼던 자들에게 뒤통수를 맞았다. 그 분노를 억누르면서 트로츠키가 위원들에게 말했고 위원들은 두려움에 떨며 눈치를 살폈다. 그런 위원들을 보다가 트로츠키가 주먹으로 탁자를 내리쳤다.

쾅!

"……?!"

단호한 어조로 공산당 위원들에게 말했다.

"잘됐군."

"예……?"

"이참에 할당제를 완성하고 사회주의 결혼 제도도 완성할 수 있으니 말이오. 인구 조사와 성별에 따른 직책을 재조사하고, 허위 기재한 인민이나 당원을 색출해서 반드시 처벌하시오. 그리고 한번이라도 결혼을 하지 않은 여자 인민의 나이와 질병의 유무, 가임 유무, 신체 건장함과 외모, 지능을 점수로 환산해서 평가하시오. 결혼을 해야 하는 남자 수에 맞춰서 여자들을 잘라낼 것이오."

트로츠키의 지시를 듣고 위원들이 놀랐다. 그 중에 외무위원을 맡고 있던 치체린이 조심스럽게 물었다.

"만약… 점수가 모자라서 남자와 결혼할 수 없는 여자 인민은 어떻게 됩니까?"

"그런 인민은 없소?"

"예……?"

"우리는 레닌 동지께서 하셨던 이야기를 기억해야 하오. 인류 만인의 완전한 평등이라는 혁명을 이루기까지, 희생은 불가피한 것을 말이오. 평등을 이루고, 그 희생 위에서 새롭게 거듭나야 하오."

"……."

"반론이 있으면 이야기하시오."

트로츠키가 위원들에게 반론이 있는지 물었다.

그러나 그의 의견을 듣고 어떤 위원도 반론을 제기할 수 없었다. 침묵이 지켜지자 트로츠키는 자신의 의견에 동의한 것으로 간주했다.

"그러면 내가 말한 대로 조치를 취하겠소. 또한 조사가 완료되고 평가가 이뤄지는 다음해에 결혼 제도와 출산 제도를 실행하겠소. 인민들에게는 결혼과 출산 제도에 관한 것을 예고하시오. 우리는 우리 체제와 사상의 우수함을 세상에 드러내어 보일 것이오."

"예. 주석 동지."

위원들이 트로츠키의 지시를 받들었다. 그리고 트로츠키는 치체린과 눈빛을 교환하면서 박은성에 대한 기억을 떠올렸다.

'놈이 그것으로 우릴 시험했지. 하지만 우리 사상은 놈의 계략을 능히 이겨낼 것이오.'

'예. 주석 동지.'

인간이 가진 사심으로 인해 결국 공산주의가 추구하는 평등은 절대 이룰 수 없는 평등이라 말했던 것을 무너뜨리려고 했다. 하나같이 레닌의 유훈을 따라, 수단과 방법을 가리지 않고 평등을 이루려고 했다. 만 21세가 되면 당에서 정해주는 배우자와 결혼해야 했고 그 전에 연애를 벌이는 것은 무조건 금지됐다. 사회주의를 기반으로 한 공산당의 통제로 남자는 누구든지 배우자를 만나서 결혼할 수 있게 되었다. 그리고 3명의 아이를 낳으면서 후대를 이음과 동시에, 소련의 미래 번영과 인구에서 균형적 발전을 이룰수 있었다.

그러한 예고가 소련의 전 인민에게 전해졌다.

동시에 혼란을 막기 위해 사회주의 결혼 제도가 실행되기 전의 모든 결혼을 인정하지 않았다.

오직 포고 이전의 결혼만이 인정될 뿐이었다. 그런 소식을 듣게 된 한 연인이 심히 걱정하면서 만남을 이뤘다.

다 쓰러져가는 공원 의자에 앉아서 서로 이야기했다.

"어떻게 해… 당에서 배우자를 정해준다잖아."

"나탈리아. 너무 걱정하지 마……."

"걱정하지 말라니… 그렇게 생각하고 있다가 당에서 다른 사람을 정해주면?"

"……."

"다른 여자를 배우자로 정해주면 어떻게 할 건데? 뭔가 이건 잘못됐어……."

절망과 두려움의 감정이 목소리에 실려 있었다.

떨고 있는 연인을 남자가 강하게 끌어안았다.

여자가 남자에게 말했다.

"만약 내게 안드레이 말고 다른 남자를 배우자로 삼으라고 한다면 죽을 거야……."

"오오, 나탈리아. 그런 소리 하지 마. 나탈리아가 죽으면 나도 죽을 거야."

"안드레이……."

"나탈리아……."

함께 할 수 있기를 간절히 소망했다. 그리고 아이를 낳는다면 사랑하는 사람의 아이를 낳고 싶었고 함께 기르고 싶었다. 남자가 여자의 손을 꼭 잡으면서 이야기했다.

"우리… 소비에트를 탈출하자……."

"소비에트를……?"

"그래. 소비에트를 탈출해서 자유롭게 결혼할 수 있는 나라로 가는 거야. 불평등해도 나는 나탈리아와 함께라면 할 수 있어."

"아아… 안드레이……."

"함께 탈출하자. 나탈리아."

소련을 나가서 살자는 남자의 말에 여자가 몸을 기대어 왔다.

"그래… 안드레이와 함께라면 어디든지 갈 수 있어."

"고마워 나탈리아… 우리 꼭 행복해지는 거야."

"응……."

사랑에 모든 것을 바쳤다. 사랑하는 이와 함께 하기 위해 가족과의 이별마저도 감수하고 나라마저도 버렸다.

은밀히 소련을 탈출할 수 있는 길을 찾기 시작했다.

도와줄 수 있는 사람과 탈 것을 알아보고 가장 안전하다고 생각한 길을 택해 집에서 도주하듯이 밤에 빠져나왔다. 서로 손을 잡고 수레에 몸을 실었고 밤새 달렸다.

그리고 핀란드로 향하는 국경 부근에 이르렀다.

먼동이 터올 때쯤이었다. 국경을 지키는 적군을 농부가 발견했다. 그리고 크게 당황했다.

"이런!"

얕은 잠을 자고 있던 안드레이가 눈을 떴다. 농부가 어쩔 줄 모르는 모습을 보고 눈을 비비면서 물었다.

"무… 무슨 일인가요?"

농부가 대답했다.

"여기에 원래 군이 없었는데 오늘 지키고 있소."

"예?"

"기수를 돌려야겠소. 잡으시오."

"아, 예."

적군을 보고 급히 말머리를 돌렸다.

그리고 길이 아닌 곳을 통해서 달려오다가 머리를 돌리는 말과 수레를 보고 적군이 호각 소리를 냈다.

급히 말을 탄 기병이 수레 근처로 달려와서 외쳤다.

"멈추라! 안 그러면 반동으로 여기겠다!"

"……!"

적군 기병의 외침에도 농부는 멈추지 않고 말에게 채찍질을 했다. 수레가 심하게 흔들렸고 잠을 자고 있던 나탈리아도 잠에서 깨어났다. 그때 적군 병사가 장전된 소총을 수레에 조준하고 방아쇠를 당겼다. 탕! 하는 소리와 함께 안드레이의 입에서 절규가 울려 퍼졌다.

"나탈리아!"

"아… 아… 안드레이……."

"안 돼! 나탈리아! 어떻게 이런 일이……!"

흉탄을 맞은 나탈리아가 입에서 피를 흘리면서 숨져갔다. 그리고 적군 기병이 다시 쏜 총탄이 농부의 후두부를 맞히면서 한 줌 양식에 사람들의 탈출을 도운 대가를 치르게 했다. 결국 연인 중 남자가 붙잡혔고 함께 탈출하던 다른 연인도 붙들려 압송됐다.

그들 모두는 조사를 받고 반동으로 몰렸다. 조사가 끝나는 대로 형식적인 재판을 받고 사형 집행을 받았다.

이미 삶의 의지를 잃은 안드레이는 죽음에 대해서 결코 두려워하지 않았다.

"나탈리아……."

넋 나간 상태로 이마에 꽂히는 총탄을 받아들였다.

오직 그와 나탈리아의 부모만이 크게 슬퍼할 뿐이었다.

그렇게 소련을 탈출하는 연인들이 무수히 발생했다.

국경을 지키는 적군 장병들에게 무더기로 발각되면서 트로츠키가 보고를 받고 노발대발했다.

사랑을 쫓는 자들은 그에게 원수처럼 여겨졌다.

"하늘의 별보다 많은 게 사람이오! 널리고 널린 게 남자고 여자인데, 대체 무슨 이유로 혁명을 포기한단 말이오?!"

"배우자가 아니라 그저 사랑하는 사람 자체를 원한 것 같습니다."

"그래서 반동인 거요! 사람을 사유하겠다는 말이지 않소?! 담합해서 서로를 사유하는 행위는 부르주아의 만행과 다를 바 없소!"

트로츠키의 호통을 듣고 치체린이 소련에 와서 박은성이 했던 말을 떠올렸다. 그의 말에 모스크바 대학교 학생들이 술렁였던 것을 기억했다.

'좋아하는 사람이 있습니까? 짝사랑이라도 사랑하는 사람이 있습니까? 그 사람 외에 다른 사람이라도 괜찮다고 생각한 적이 있습니까? 공산 혁명을 위해서라면 사랑하는 사람을 포기할 각오가 되어 있습니까? 사회주의 정부에서 지정한 배우자를 강제로 사랑할 수 있습니까?'

"……."

불행의 씨앗이었다. 조선에서 온 과학기술부대신의 강연 때문에 모스크바 대학교 학생들과 교수들이 공산주의를 위해서 목숨을 내놓게 되었다. 그리고 그가 했던 이야기대로 평등을 위한 사상이 크게 흔들렸다.

아니, 사람이 흔들리고 있었다. 굳은 표정이 계속해서 움찔거렸다. 그때 트로츠키에게 보고서 하나가 전달되었다. 보고서를 읽던 트로츠키가 다시 흥분했다.

"동성애자들이 강제 결혼을 반대하는 시위를 벌였다가 진압 당했다고?"

"당에서 정하는 배우자를 만나서 결혼하는 것이 불평등하다는 이유로 시위를 일으켰습니다. 자신들도 결혼을 하고 싶다고 했습니다."

"결혼할 수 있지 않소?!"

"이성과의 결혼은 죽음보다도 괴롭다 합니다."

"이제는 하다하다 정신병자 놈들까지 난리를 일으키는군! 빌어먹을!"

보고를 받고 트로츠키가 분노했다. 남자와 여자와 이루는 결혼에 동성애자라 불리는 이질적인 존재들이 끼어들었다. 그리고 그들은 평등함의 논리로 목소리를 냈고, 적군의 총포에 의해서 무자비하게 진압됐다. 그들이 평등을 논했다는 사실이 이가 갈렸다. 그렇게 트로츠키가 생각하고 있을 때 한가지 수가 머릿속에서 떠올랐다.

"그렇지!"

주먹을 불끈 쥐면서 탄성을 터트렸다.

치체린과 비서를 보면서 트로츠키가 말했다.

"결혼 제도를 없애면 되지 않겠소?!"

"예······?"

"지금의 문제가 결혼하는 것으로 생기는 것이라면, 평등하게 결혼 제도를 없애면 그만이지 않소? 그러면 단 한 사람과의 결혼 생활을 꿈꿀 필요도, 동성애자들이 결혼 불평등을 논할 이유도 없는 것이오."

"그··· 그것은······."

"임신과 출산을 위한 수태소를 두고 당에서 관리하는 거요. 만 22세가 되는 남자와 여자를 당에서 지정해서 6년 동안 3명의 아이를 낳게 하는 것이오. 이것은 당연히 결혼 관계가 아니고, 평등한 개인 관계일 뿐이니, 만인이 평등한 세상에서 가정이 무슨 의미가 있고 소용이 있겠소? 당에서 모든 것을 관리하고 개인 의식주를 지급하면 되오. 그렇게 태어난 아이 또한 당에서 키우는 것이오. 우리는 이러한 혁명을 이룰 수 있소."

트로츠키의 이야기를 듣고 집무실 안에 있던 모든 사람들의 말문이 막혔다. 전혀 생각해본 적 없는 세상이었다. 결혼과 가정은 인간 사회에 필수라고 여겼다.

그러나 그것은 필수가 아니었다. 평등함이 필수인 세상에서 다른 요소는 선택이었고 얼마든지 폐기할 수 있었다. 놀라움 속에서 트로츠키가 다시 말했다.

"평등주의, 공산주의, 그리고 사회주의 아래에서 모든 집단과 무리의 규정은 무의미하오! 성별조차 평등에 방해 요소가 된다면 우리는 당연히 성별을 깨부수고 진정한 평등을 이룰 것이오! 그것이 바로 진정한 성평등이오! 기존의 포고를 취소하고 새로운 포고를 내릴 준비를 하시오! 우리는 여태 인류가 도달하지 못했던 세상으로 나아갈 것이오!"

그 말을 듣고 집무실에 있던 모든 사람들이 경악했다.

치체린도 놀라서 크게 충격을 받았다.

떨리는 목소리로 트로츠키에게 말했다.

"주석 동지… 그것은 너무 과격한……."

트로츠키가 말을 끊었다.

"과격하더라도 반드시 해야 하오."

"하지만 주석 동지……."

"레닌 동지께서도 그렇게 말씀하셨소! 진정한 평등을 위해! 만인 평등을 위해! 설령 과격함을 동원해서라도 제도를 먼저 이루고 강제로라도 이끌어야 한다고 말이오! 그래야 우리의 혁명을 완수할 수 있다고 말이오! 여기서 멈추게 되면, 지난날에 우리가 일으킨 혁명은 대체 무엇이오?!"

"……."

"절대 멈춰서는 안 되오!"

레닌의 유훈을 따르는 것이었다. 때문에 어떤 말로도 그를 막을 수 없었다. 눈을 감고 대세를 순리라 생각하면서 받아들였다. 공산당 위원들이 모이고 트로츠키의 주장대로 결혼 제도의 폐지가 예고됐다. 그리고 성별 폐지와 소련 인민의 인생 모두를 공산당에서 관리하기로 결의를 세웠다. 자유와 선택이 사라지고 있었다.

포고가 전해지고 소련 인민들이 각각의 반응을 보였다.
한 마을 주민들이 조용한 곳에서 이야기했다.
"평등한 것은 분명히 맞아. 그런데 이건 우리가 원하는 게 아니야……."
"결혼 제도를 폐지하겠다니… 그러면 내 아내와의 관계는 어떻게 되는 거야……?"
"그저 인민과 동지로 불리게 되는 거야……."
어머니 아버지에 대한 호칭도 사라질 수 있다는 생각이 들었다. 그리고 아들과 딸이라는 호칭도 지워질 수 있다는 생각이 들었다. 소련 인민들 사이에서 뒤숭숭한 이야기가 오가는 가운데, 우랄 산맥에 머물고 있던 탁현과 김상옥에게도 소식이 전해졌다.
소련 공산당의 조치 예고를 듣고 경악했다.
"결국 이렇게까지 가게 되는군."
"괴물인 줄 알고 있었지만, 이 정도일 줄은 몰랐습니다. 평등에 집착하다가 가족조차도 해체해 버리다니……."

"저들이 옳다고 생각한 이념에 잡아먹힌 것이지. 하지만 이게 끝은 아니야."

"이것보다 더한 것도 있습니까?"

"그래. 그리고 조만간에 보게 될 것이네."

탁현의 이야기를 듣고 김상옥이 고개를 절레절레 흔들었다. 그리고 최악이라고 여긴 것보다 더 최악이 무엇인지 궁금하게 생각했다. 모스크바에서 일어나는 일을 전하기 위해 흐루쇼프와 소련 학자들을 불렀다.

그리고 그들에게 결혼 제도가 폐기되고 성별규정이 사라지게 될 것이라는 것을 알려줬다.

의심하면서 흐루쇼프가 물었다.

"저… 정말로 당에서 그런 결정을 내렸단 말이오?"

"그렇소."

"맙소사……!"

"만인의 평등을 위해, 방해가 되는 요소들을 없애기 시작했소. 인민을 위한 평등이 지금은 평등을 위한 모든 것이 되고 있소. 그것을 지금 보고 있는 것이오."

"……."

이야기를 듣고 황망한 표정을 지었다.

할 말을 잃은 채 가만히 서 있다가 눈물을 흘렸다.

지난 이상이 망가지는 것을 크게 슬픔이 일어났다.

"이런 것을 원한 게 아니었는데……."

"어쩌다 이렇게 되었단 말인가……."

"흐흐흑……."

다시 시간을 되돌리고픈 마음이 들었다. 돌아가서 레닌에게 그 이상은 틀린 이상이라는 것을 알려주고 싶었다.

소매로 눈물을 닦은 흐루쇼프를 보면서 탁현이 물었다.

"이제 정신이 드오?"

"인간이 평등을 원해서는 안 된다는 것만큼은 알겠소……."

"우리가 소망해야 되는 것은 평등이 아니라 공정과 배려요. 서로가 생긴 게 다르고, 잘할 수 있는 게 다르고, 살아온 환경과 언어 또한 다르니 말이오. 절대 평등할 수 없고 불평등한 것이 세상의 절대 진리요. 그러하기에 차이를 인정하고, 상대가 부족할 수 있고, 내가 부족할 수 있다는 것을 인정하오. 그래서 오만하지 않아야 하오. 그리고 오만한 것조차도 봐줄 수 있는 거요. 우리의 배려는 여기에서 시작되는 거요."

불완전한 인간이고 불평등한 세상이었다. 그 사실을 탁현이 알려주자 흐루쇼프가 고개를 끄덕이면서 인정했다.

절대 바꿀 수 없는 불평등함이었다. 그것을 평등하게 바꿀 수 있다는 전제부터가 잘못되었다는 것을 깨달았다.

그러하기에 공정한 경쟁과 배려를 새로운 가치로서 받아들일 수 있었다. 흐루쇼프와 학자들의 생각이 바뀐 것을 알았다. 그들을 보면서 탁현이 미소를 지었다.

그러나 이내 지우고 심각한 표정을 지었다.

소련의 미래를 흐루쇼프에게 물었다.

"평등을 이루기 위해 수단과 방법을 가리지 않고 있소.

앞으로 어떻게 될 것이라고 보오?"

질문을 받고 흐루쇼프가 대답했다.

"계속해서 평등에 방해가 되는 요소를 제거할 테지……."

"물론이오."

"처음에는 인민, 이제는 결혼과 성별이니… 그 다음에는……."

"아마 상상하기 힘들 거요. 인간으로서 앞으로 벌어지게 되는 일은 감히 상상할 수 없는 거니까. 오직 괴물이 되길 원하는 자들만이 상상할 수 있소."

"대체 무엇이오. 그것은?"

"그건 바로……."

평등의 끝이 어디에 있는지 알고 있었다.

탁현이 입을 열어서 대답하자 그것을 듣고 있던 주변의 모든 사람들이 크게 충격을 받았다. 심지어 김상옥과 요원들, 대원들조차 가만히 서서 사고할 수 없게 됐다.

두 귀를 의심할 지경이었다.

"정말로 그런 일까지 벌어지게 되는 것이오……?"

"그렇소."

"맙소사… 평등의 논리로 인간과 짐승의 경계마저도 무너지게 될 거라니……."

"그래서 최악이라는 거요. 그것은 인간의 정체성이 무너지는 것이니까. 그리고 그 문제에 있어서 트로츠키는 한번쯤은 고민해볼 거요."

"그가 인간이기 때문에?"

"그렇소. 애초에 평등을 내세운 것도 인간을 위한 평등에 국한시킨 건데, 엉뚱한 방향으로 흐르게 되는 것이니 말이오. 그래서 어쩌면 종의 경계를 무너뜨리는 것만큼은 막을 것이라고 보오. 그런 목소리가 나온다는 것 자체가 문제지만 말이오. 조만간 평등의 끝이 어디에 있는지 보게 될 거요."

탁현이 소련의 미래를 예언했다. 그리고 머지않아서 그 미래가 도래할 것이라고 예상했다. 그의 말을 들었을 때 흐루쇼프는 소름을 느낄 수밖에 없었다. 그러면서도 반신반의했다. 한번도 본 적도 경험해본 적 없는 일이었다.

그때까지만 하더라도 사람들은 정말로 그런 일이 있을까 하며 의심했다.

* * *

결혼 제도 폐지와 성별 규정 폐지가 예고된 지 한달이 지나서였다. 적군이 지키는 크렘린 정문 앞 광장으로 사람들이 모여서 수군거렸다. 그들은 집에 가족처럼 여기는 동물과 같이 지내고 있었다. 광장에 모인 사람들이 긴장하면서 눈치를 볼 때 한 남자가 앞으로 나서서 목소리를 높였다. 그는 모스크바 대학교에서 학생들에게 생물을 가르치고 있었다.

긴장한 사람들에게 시위의 정당성을 부여했다.

"여러분. 지금 혹시, 떨립니까?"

"예……."

"적군이 우릴 진압할까 봐서 걱정이 됩니까?"

"예. 교수님……."

"하지만 그런 걱정을 이겨내고 투쟁해야 됩니다. 한달 전에 동성애자들이 이성 결혼만 존재하는 것은 동성애자들에 대한 차별과 불평등이라고 주장했죠. 물론 진압을 당하고 일부 사람들은 교화소에 보내어졌지만, 그들의 외침으로 얻게 된 것은 분명히 있습니다. 바로 결혼제 폐지와 성별 폐지를 말입니다. 덕분에 남녀 성별로 구분되지 않고, 인간 대 인간으로서 사랑할 수 있게 되었습니다! 평등함이 여태껏 금지되었던 일을 가능하게 만들고 있습니다! 그런 일이 어째서 우리에게 허용되지 않을 수 있다 생각합니까? 목소리를 내어야 합니다! 인간은 동물의 한 종에 불과합니다. 종이 다르다고 해서 인간의 편의를 위해 다른 동물을 함부로 죽일 순 없는 겁니다! 가죽 생산과 육식을 금지해야 됩니다!"

"옳소!"

"짐승도 인간과 평등해질 권리가 있습니다!"

멀리서 지켜보던 사람들이 기막힌 표정을 짓고 있었다.

"저놈들 대체 뭐라는 거야?"

"사람도 동물이니까 짐승도 사람만큼의 권리를 누려야 한다고 하더라."

"무슨 말도 안 되는 소리야, 그게? 하다하다 이제는 짐승하고도 평등해져야 한다는 말이 나오다니……."

"이건 좀 아닌 것 같아."

순간적으로 마음속에 담아뒀던 말이 입으로 튀어나왔다. 말을 뱉은 사람은 입을 틀어막으면서 주위의 눈치를 살폈고 평등을 논한 것으로 반동으로 몰리진 않을까 전전긍긍하며 근심했다. 그리고 시위를 벌이는 사람들을 상대로 당이 어떻게 나설지, 적군과 경찰이 어떤 행동을 보이는지 지켜봤다. 한 여인이 나서서 사람들에게 외쳤다.

그녀는 큰 개 한마리를 데리고 와서 시위를 벌이고 있었다.

"개는 우리의 친구며 가족입니다! 우랄 지역에 개를 잡아먹는 인민이 있는데 반드시 막아야 합니다! 인간도 동물이고 개도 동물입니다! 개도 인간처럼 평등하게 보호되어야 합니다!"

그 여인을 한 인민이 알아봤다.

"저 여자……."

"왜?"

"저 여자에게 이상한 소문이 있어……."

"무슨 소문?"

"가족 없이 저 개 한마리하고만 산다는 소문 말이야. 그런데 그 개를 마치 남편처럼 여긴다고 들었어……."

"저 개를 인간처럼 여기면서 사랑한다는 이야기야?"

"소문은 그렇단 이야기지. 그리고 그 소문이 사실이라면… 그건 정말로 잘못된 일이야……."

"절대 인간과 짐승이 평등해져서는 안 돼……."

모든 것을 용납해도 절대 용납하지 말아야 하는 저지선이었다. 사람들은 목청을 높이는 작은 시위대를 곱지 않은 시선으로 쳐다봤다. 그리고 그들이 반드시 진압되어야 한다고 생각했다. 동물과의 평등을 원하는 시위가 일어난 사실이 트로츠키에게 전해졌다.

보고를 받은 트로츠키가 크게 분개했다.

"우리의 평등은 만인을 위한 평등이오! 그런데 감히 짐승 따위에게도 평등을 운운해?! 절대 묵과할 수 없고 용서할 수 없소! 모조리 체포해서 주동자를 처형하고 나머지를 교화소에 보내시오!"

"예! 주석 동지!"

프룬제가 트로츠키의 지시를 받들었다. 즉시 적군이 움직이면서 크렘린 앞의 시위대를 진압했고 개와의 평등을 주장하던 여인이 적군 병사들에게 붙들려 압송이 되려고 했다. 그때 그녀가 데리고 온 개가 여인을 구하려고 적군 병사를 물었다.

"이놈이 왜 이래?! 큭!"

탕!

깨갱!

"페트로프?! 페트로프! 아아……!"

개가 총탄에 맞아서 죽자 여인이 오열하면서 비명을 질렀다. 그렇게 동물의 권리를 주장하던 사람들이 끌려갔다. 그 모든 모습들이 누군가에 의해서 촬영되고 있었다.

영상은 금세 조선에서 보내졌다. 정보국 회의실의 영출기를 통해서 장성호와 유성혁, 우종현이 첩보 영상을 확인하고 있었다.

시위대가 진압되는 영상을 보면서 장성호가 말했다.

"여태까지 평등이라는 이념에 세상과 인간을 끼워 맞추다가 벽을 만났군. 저렇게 무자비하게 진압을 할 정도니 말이야."

"애초에 만인 평등으로 인간에게만 국한됩니다. 거기에 동물은 포함되지 않습니다."

"알고 있네. 하지만 성별마저 폐지시키는 평등이 종의 경계를 폐지시키는 평등과 절대 다르지 않아. 트로츠키는 다르다고 말하겠지만, 우리가 볼 땐 매한가지야. 그 시각을 다른 나라에게도 부여할 것이고 말이지. 심지어 소련 인민에게도 그것을 깨닫게 할 것이네."

장성호의 이야기에 성혁이 고개를 끄덕였다. 그리고 종현이 말했다.

"그나저나 간도 큽니다. 소련에서 저렇게 시위도 일으키다니 말입니다."

"20세기 중반 이후라면 모르겠지만, 아직은 20세기 초니까 말이야. 그래서 시위를 일으켜서 자신들의 이상을 요구하는 것이지. 뜨거운 맛을 보기 전이니 말이야. 하지만 이제 쉽게 시위를 일으키기 어려울 것이네."

장성호의 이야기를 듣고 종현이 고개를 끄덕였다.

이어 성혁이 말했다.

"나름 얌전한 시위였는데 그 정도로 진압됐으니 많이 위축될 겁니다. 우리가 알고 있는 시위는 정육점을 파괴하고 가죽과 모피 옷을 입은 행인을 폭행하고 옷을 찢는 수준이었는데 말입니다. 자유를 빙자한 폭력이었는데 만약 서부 유럽에서 그런 일이 터졌다면 훨씬 인상적이었을 겁니다. 자유와 평등이 만나면 진정한 괴물이 되었을 테니까 말입니다. 그 괴물이 어떤 괴물인지 제대로 봤을 겁니다."

장성호가 피식 웃으면서 말했다.

"색깔은 다르지만 세상은 이미 그 괴물의 존재를 인식했네. 비록 자유와 평등이 아닌, 독재와 평등이 만나서 탄생된 괴물이지만 말이야. 이미 결혼제도가 폐지되고 성구분이 폐지된 시점에서 괴물은 탄생되었네."

성혁과 종현이 함께 동의했다. 이제 세상은 평등의 끝에 무엇이 있는지를 알 것이라고 여겼다.

장성호가 총리대신의 직책으로서 다시 말했다.

"확보된 영상을 세상에 공개하세. 평등과 공산주의로 물든 소련이 어떤 나라가 되었는지 말이야. 그리고 트로츠키를 통해 평등이 어떤 괴물로 탄생되었는지 보여주세."

"예. 총리대신."

그로부터 며칠 지나지 않아서였다. 세상에 소련에서 촬영된 영상이 공개되고 소련의 사정과 인민들의 생활상이 알려졌다. 트로츠키의 일거수일투족이 세상에 퍼졌다.

신조선전기

인류의 정의를 찾다

　영출기에 트로츠키가 나와서 공산당 위원들에게 말했다. 그가 하는 이야기는 영어로 번역되어 화면 아래에 표시됐다. 앞에 사람들이 앉아서 뉴스를 시청하고 있었다.

　[잘됐군. 이참에 할당제를 완성하고 사회주의 결혼 제도도 완성할 수 있으니 말이오. 인구 조사와 성별에 따른 직책을 재조사 하고, 허위 기재한 인민이나 당원을 색출해서 반드시 처벌하시오. 그리고 한번이라도 결혼을 하지 않은 여자 인민의 나이와 질병의 유무, 가임 유무, 신체 건장함과 외모, 지능을 점수로 환산해서 평가하시오. 결혼을 해

야 하는 남자 수에 맞춰서 여자들을 잘라낼 것이오.]

[만약… 점수가 모자라서 남자와 결혼할 수 없는 여자 인민은 어떻게 됩니까?]

[그런 인민은 없소.]

[예……?]

[우리는 레닌 동지께서 하셨던 이야기를 기억해야 하오. 인류 만인의 완전한 평등이라는 혁명을 이루기까지, 희생은 불가피한 것을 말이오. 평등을 이루고, 그 희생 위에서 새롭게 거듭나야 하오. 반론이 있으면 이야기하시오.]

트로츠키가 하는 말을 듣고 영출기 앞에 있던 미국인들이 경악했다.

"맙소사……."

"소비에트의 지도자가 이렇게나 미치광이였어?"

"개자식이네, 저거."

세상 어디에서도 공개된 적이 없는 트로츠키의 본모습이었다. 그 영상을 본 모든 미국인이 입에 욕설을 담고 트로츠키를 향해서 손가락질을 했다. 이어 하버드 대학교의 교수가 뉴스에 초대되어서 아나운서와 질문답을 주고받았다. 트로츠키가 보인 행동에 대해서 교수가 원인을 진단했다. 그 원인은 오직 한가지였다.

[평등의 가치로 세워진 나라이기 때문입니다.]

[잠깐만요. 평등으로 세워진 나라이기 때문에 그런 망언

을 했다는 것입니까?]

[그렇습니다.]

[어째서 그렇게 되나요? 평등이라는 말은 좋은 말이지 않습니까?]

[말은 좋지만 절대 인간에게 적용할 수 없는 이상입니다.]

[이유가 있습니까?]

[명확하게 있습니다. 인류 개개인은 생긴 것이 다르고, 잘할 수 있는 분야도 전부 제각각입니다. 요컨대 동일한 요소가 하나도 없기 때문에 불평등한 것이 당연하고 평등할 수 있다는 말은 거짓말입니다. 죽음의 평등과 도전 기회의 평등만이 인간에게 허락된 유이한 평등입니다. 그것을 기반으로 공정한 경쟁과 배려를 이뤄내야 합니다.]

물 한 잔을 마시고 교수가 카메라 앞에서 말했다.

[이렇듯, 인간이 이룰 수 없는 이상이기에 평등의 가치로 나라가 세워지면 인간을 위한 평등이 아니라, 평등을 위한 인간이 됩니다. 반드시 통제가 필요해지며 사회주의 통제로 강제 평등을 실시할 겁니다. 그런데 그렇게 해도 가장 큰 모순이 일어납니다.]

[어떤 모순이 말입니까?]

[바로 트로츠키의 존재입니다. 소련 최고의 권력자가 바로 평등을 가장 저해하는 존재입니다. 그리고 사람들이 선

망하는 직책의 존재는 곧 평등을 이룰 수 없는 증거가 됩니다. 포상이 없으면 소비에트 인민은 결국 분노하게 될 것이고, 포상이 존재한다면 그것은 곧 공정한 경쟁을 뜻합니다. 이러하기에 인간은 절대 평등이라는 이상을 소원해서는 안 됩니다.]

교수가 한번 더 사람들에게 말했다.
그가 말하는 대상은 미국인 시청자들이었다.
그리고 세계인들이었다.

[살다 보면 억울한 일을 당할 때가 있습니다. 그리고 그 억울한 일의 원인으로 불평등이라는 말을 쉽게 꺼내들곤 합니다. 하지만 곰곰이 생각해보면 불평등한 것 때문에 억울한 것이 아니라 불공정해서 억울한 것입니다. 그래서 그 문제를 해결할 수 있는 것도 공정함입니다. 절대 평등으로 해결할 수 없습니다. 앞으로 우리는 억울한 일을 계속 당할 것입니다. 인간이 불완전한 존재며, 저마다의 탐욕을 본성으로 가지고 있기 때문입니다. 그 본성이 악하게 쓰일 때, 누군가가 반드시 억울한 피해를 입습니다. 공정함으로 악함을 다스려야 합니다.]

영출기를 보던 미국인들이 이야기를 했다.
"그래. 맞아. 평등으로 해결할 수 있는 게 아니었어."
"오직 공정함으로 억울한 일을 풀어야 해."

"소비에트가 그 난리를 치는 것은 불공정의 문제를 불평 등으로 규정했기 때문이야. 그들은 공정함으로 불공정의 문제를 풀었어야 했어."

대학생들이 이야기했다. 그리고 경영자와 노동자, 주주, 정치인들이 각자의 자리에서 이야기하고 가정의 부모와 자녀가 서로 이야기했다. 그들이 추구해야 될 방향이 정해 졌다. 그리고 세계정세와 여론에 대한 보고가 장성호에게 전해졌다. 종현을 만나서 이야기를 들었다.

"방송과 신문을 통해서 계몽을 확산시키고 있습니다. 그 리고 이제 더 이상 평등함을 정의로 받아들이지 않게 되었 습니다."

"진정한 해답을 찾았군."

"예. 총리대신. 만국이 조선을 표본으로 삼고 있습니다. 우리가 키워낸 가치가 답이라 여기고 있습니다."

보고를 받고 장성호가 만족감을 나타냈다. 그리고 준비 했던 문서를 종현에게 보이면서 건넸다. 문서를 받은 종현 이 안의 내용을 살폈다. 그리고 때가 왔다는 것을 알게 됐 다.

"그 길을 이제 소련 인민들에게도 알려주세."

"예. 총리대신."

소련 주민들을 깨우는 계획이 안에 담겨 있었다.

그것으로 인간이 겪을 수 있는 가장 어두운 역사를 지우 려고 했다.

녹화된 영상들을 모아 자기선으로 옮겼고 자기선 재생기

를 정보국에서 대량으로 구입했다. 어디가 국경선인지 모를 동토를 통해서 자기선들이 밀수됐고 우랄 산맥에 이르렀다. 탁현이 김상옥과 대원들과 함께 작은 영출기로 자기선에 담긴 영상을 시청했다. 흐루쇼프와 소련 학자들이 그것을 담담하게 지켜봤다. 그 안에 공산주의의 끝과 트로츠키와 공산당 위원들의 본 모습이 담겨 있었다.

영상을 모두 시청하고 탁현이 흐루쇼프에게 물었다.

"이걸 소련 주민들에게 뿌릴 것이오. 그래서 묻소만, 주민들이 어떤 반응을 보일 것이라 생각하오?"

흐루쇼프가 몇 초 동안 가만히 있다가 대답했다.

"반드시 봉기하게 될 거요."

"이것으로 공산주의 사상이 저물겠군."

"그럴 것이라고 보오."

"주민들이 봉기하면 결국 구심점이 필요하오. 그때 구심점이 되어서 소련 주민들을 이끌어주시오. 분위기가 무르익으면 아국에서 지원해줄 것이오."

탁현의 이야기를 듣고 흐루쇼프가 나지막이 대답했다.

"알겠소……."

정의와 대의를 따르기로 했다. 그것은 여태 소련 인민과 함께 해보지 못한 정의였다. 평등함으로 짓눌려 있는 소련 인민을 해방시키고자 했다. 그리고 조선 정보국과 탁현의 특임대는 소련에서 심리전을 벌일 준비를 했다.

그때 요원들에게 한가지 첩보가 닿았다.

보고를 받은 탁현이 미간을 좁혔다.

"이분이 어째서 소련에 계셔?"

"저도 잘 모르겠습니다."

"어떻게 이런 일이… 맙소사……."

경악하는 탁현을 보면서 흐루쇼프가 물었다.

"무슨 일이오? 뭔가 문제가 있소?"

질문에 탁현이 답하기를 주저하다가 알려줬다.

"조선의 인사가 지금 소련에 몰래 들어왔소."

"고려의 인사가 말이오?"

"그렇소. 조선 황제 폐하의 어의였던 전임 제중원 교수요. 유럽에도 명성이 알려지신 분이오. 김신 교수님께서 소련 주민들을 살리시기 위해 밀입하셨소."

대답을 듣고 흐루쇼프와 학자들이 크게 놀랐다. 김신의 명성은 이미 소련에도 널리 알려져 있었다. 사람을 살리는 대의에 어느 누구도 옳고 그름을 논할 수 없었다.

* * *

절경이 뛰어난 산세가 병풍처럼 둘러쳐진 곳이었다.

산 정상부에는 만년설이 내려앉아 하얗게 머리를 물들이고 있었고 그 아내로 녹색의 초지가 펼쳐져 있어서 아름다운 풍경을 펼쳐진 곳이었다. 그곳에 사람들이 거주하며 저마다의 방식으로 살아가고 있었다. 그리고 명의가 찾아와서 사람들을 상대로 진료를 벌이고 있었다.

피부는 황갈빛이었고 연로해서 백발이었지만 젊었을 땐

윤기 나는 흑발이었을 것 같은 의원이었다.

주름진 손으로 환자의 몸에 돋아난 물집들을 살폈다.

"아야……."

"아프오?"

유창한 러시아말로 물었고 의원을 돕는 주민이 러시아어에서 조지아어로 통역해줬다.

물음을 받은 환자가 의원에게 말했다.

"아픕니다."

"혹시 온몸이 망치 두드리듯이 아프지는 않소?"

"아픕니다. 어떻게 그걸 아셨습니까?"

"어떤 병인지 알고 있으니까."

"죽을병입니까?"

"죽을병은 아니오. 다만 이런 상태가 지속되면 그런 병에도 걸리겠지. 고려 말로 대상포진이라 불리는 병인데 몸에 기운이 떨어지고 면역력이 떨어져서 걸리는 병이오. 허나 잘 먹고 푹 쉬면 나을 수 있으니 당분간 무리해서 일하지 마시오."

"알겠습니다."

"사흘 뒤에도 낫지 않으면 찾아오시오."

"예……."

진단을 받은 환자가 옷매무새를 가다듬고 간이 진료실에서 나갔다. 그는 의원이 시킨 대로 바다에서 잡은 고기를 잘 고아서 먹고 푹 쉬기로 했다.

다음 환자가 진료실 안으로 들어왔다. 그는 의원이 머무는 마을을 관리하는 공산당원이었다. 얼마 전에 의원을 통해서 수술을 했다. 그 뒤로 의원을 완전히 믿고 있었다. 마음속에 담아둔 이야기를 의원에게 하고 있었다.

"배급이 중단된 지 6개월 정도 되었습니다. 도대체 중앙당에서 뭘 하고 있는지 모르겠습니다."

"중간에 가로채기를 하는 자가 있지 않겠소?"

"그럴 것이라 생각합니다. 그래서 인민들에게 양식이 나오지 않으니 바다에서 잡은 고기로 배를 채우자고 했습니다. 보고서야 달리 써버리면 그만이니 말입니다. 혁명을 이루면 평등해진다는데, 제가 볼 땐 절대 평등하지 않습니다."

배급이 중단된 상황에 대해서 불만을 토로했다. 그리고 또 다른 불만도 이야기했다.

"결혼 제도를 없앤다고 포고를 했는데 그건 또 왜 그러는지 모르겠습니다. 그리고 성별의 구분마저 없애겠다니… 대체 뭘 위해서 누굴 위해서 그러는 건지 모르겠습니다. 이야기를 듣기론 어떤 무리들 때문에 그렇게 한다는데, 그게 사실이면 그놈들을 위해서 소비에트 인민 전체를 희생시키는 격입니다. 그놈들이 상전인 거지요. 평등을 위해서 우리들을 희생시키는 겁니다. 생각하면 할수록 너무나 화가 납니다. 이건 선생님이라서 말씀 드려보는 겁니다."

당원의 이야기를 듣고 의원은 그저 미소를 지을 뿐이었다. 자신은 잘 모르겠다고 말하면서 이야기를 아꼈고, 그렇게 들으니 당원의 말이 맞는 것 같다고 말하면서 공감을 해줬다. 그리고 그의 환부를 살폈다.

"봉합된 부위를 봅시다."

"예. 선생님."

"잘 나았군요."

"더 이상 배가 아프지 않습니다."

"맹장을 잘라냈으니 더 이상 똑같은 원인으로 아프지 않을 겁니다. 그래도 일주일 동안은 몸조리를 잘 해서 일하기 바랍니다."

"예. 김 선생님."

당원이 의원에게 인사하면서 진료실에서 나갔다.

사람들은 의원이 누구인지 처음에 몰랐다.

그러나 그가 세계 최고의 명의라는 것을 알게 되었고, 유럽에서 훈장을 받은 의사라는 것 또한 알게 되었다.

주민들이 그에 대해서 이야기했다.

"김신이라고 했지?"

"그래."

"명의는 명의야. 우리 의원이 손도 못 댈 환자를 몇 명이나 치료해줬으니 말이야. 김 선생님 덕분에 우리 딸도 살았어."

"계속 우리 마을에 계셨으면 좋겠어."

"내 말이."

의원은 김신이었고 주민들이 찬양하고 있었다. 그가 가지고 온 가방 안에 각종 항생제와 주사바늘, 수술 도구들이 있었다. 비록 밀수로 약품과 의료도구들을 가지고 와서 한계가 있었지만, 그것으로 위급했던 환자만큼은 살릴 수 있었다. 그로 인해 공산당에서 배치한 의원들로부터도 존경을 얻었다. 통역해 주는 사람이 그 마을의 의원이었다. 그는 통역을 하고 김신의 수술을 도우면서 많은 것을 배웠다. 진료 시간이 아닐 땐 직접 가르침을 받았다.

김신이 의원에게 겸자를 잡는 방법을 알려줬다.

의원의 이름은 '예고르'였다.

"겸자로 바늘을 이렇게 잡아야 하네. 그리고 실을 묶을 때는 이렇게."

"아……."

"정확하게 묶되 절대 과하게 힘을 넣어서는 안 되네. 힘을 과하게 넣으면 봉합 부위가 터질 수 있으니까. 특히 혈관은 더더욱 그럴 것이네. 해보게."

"예. 선생님."

김신이 시범을 보인 대로 봉합 연습을 했다. 연습하는 예고르를 보면서 그에게 열정이 있다는 것을 김신이 확인했다. 그저 직책에 사람을 끼워 맞추는 것이 아니라, 제대로 도전할 수 있는 기회와 성장할 수 있는 기회를 줬다면 알아서 더 크게 성장했을 것이라는 생각이 들었다. 더 많은 사람을 살리고 자신이 그곳에 있을 필요가 없다는 생각이 들었다.

그렇게 생각할 때 연습하던 예고르가 물었다.

"선생님……."

"말하게."

"고려에서는 의사가 되고자 하는 사람들 모두가 선생님께서 가르쳐 주는 것을 배웁니까?"

"그래."

"고려에서 의술을 배우고 싶습니다. 모스크바에서도 의술을 배웠지만 여태 살면서 선생님 같이 뛰어난 의사를 본적이 없습니다. 저도 선생님과 같은 의사가 되고 싶습니다."

제자의 이야기를 듣고 김신이 미소를 지었다. 하지만 희망사항일 뿐 그렇게 해줄 수는 없다고 생각했다.

그저 침묵으로 대답을 대신했다.

그렇게 '조지아'라 불리는 지역의 해안 마을에서 사람들을 치료했다. 명의가 나타났다는 소문은 발 없는 말이 되어서 순식간에 모스크바에 전해졌다.

트로츠키가 보고를 듣고 관심을 보였다.

"김신이라고?"

"예. 주석 동지."

"김신이라면 세계 최고의 의사가 아닌가? 그자가 소비에트에 와 있단 말인가?"

"조지아에서 신원을 확인했습니다."

"나이가 상당히 연로한 것으로 아는데 아직 죽지 않았나보군."

"확인해본 바로는 매우 건강합니다. 그래서 그동안 유럽과 세상을 전전하면서 사람들을 치료할 수 있었던 것 같습니다. 그는 진정한 의사입니다."

비서의 이야기에 트로츠키가 고개를 끄덕였다. 그러나 그는 김신이 불안요소라고밖에 생각할 수 없었다.

당에서 정한 의원을 대신해 다른 사람을 치료하는 행위는 명백하게 사회주의에 균열을 일으키는 행위였다.

소련 인민이 아니면 말할 필요도 없었다.

그때 그의 머릿속에서 수가 생각났다.

"세계 최고의 의사고 세상을 전전하면서 사람을 살릴 정도면 그 사명감이 투철하겠군."

"예. 주석 동지."

"어떤 사람이든 살리겠다는 그 의지는 우리의 혁명 정신과 맞닿아 있을 것이오. 그를 체포해서 모스크바로 데려와야겠소. 그리고 직무를 유기한 자들을 체포해 처벌할 거요. 지금 바로 군사평의회 주석을 부르시오."

"예. 주석 동지."

소련의 의술을 높이기 위해 김신을 잡아올 것을 지시했다. 그리고 조지아로 적군이 움직여 김신이 사람들을 치료하는 진료소를 포위했다. 김신이 가르쳤던 의원과 그로부터 수술을 받았던 당원이 발버둥 쳤다.

"배급이 오지 않아서 인민들에게 고기잡이를 허락할 수밖에 없었소!"

"사람을 살려야 하지 않습니까?! 제가 살릴 수 없는 환자였기에 맡길 수밖에 없었습니다! 사람을 살리는 것보다 시급한 일이 어디에 있단 말입니까?!"

두 사람의 외침에 정치국 장교가 호통을 쳤다.

"닥쳐라! 너희들은 우리의 위대한 혁명을 더럽힌 반동이다! 한번만 더 헛소리를 했다간 그 입을 찢어 놓을 것이다!"

"……!"

"압송하라!"

정치국 장교의 지시에 의해 인민을 위했던 사람들이 끌려갔다. 그 모습을 보면서 주민들이 이를 갈았다.

'개자식들!'

'당에서 해준 것도 없으면서 우릴 위한 것만 빼앗고 있어!'

'어째서 그게 반동이 할 짓이야?!'

이어 끌려나오는 김신을 보면서 절망했다.

"아……."

"선생님……!"

탄식이 흘러나왔다. 끌려나온 김신은 압송되는 제자와 당원을 보고 안타까운 시선을 드러냈다. 그들을 구하려고 해도 할 수 없다는 것을 알기에 오히려 담담해졌다.

자신을 보고 근심하는 주민들을 쳐다보고 정치국 장교의 지시를 따랐다.

"타시오."

"……."

마차 위에 올라타며 주민들의 비명 소리를 들었다.

그리고 그들을 위협하는 적군 장병들의 소리를 들었다.

그렇게 김신이 적군에 의해서 체포되었고 끌려갔다.

144

마을 주민들이 주저앉으면서 슬퍼했다.

"선생님이 끌려갔어……."

"개자식들! 이게 무슨 공산주의야?!"

"인민을 구분하지 않고 치료하시던 분을 끌고 가다니……!"

"흐흐흑……."

분노를 드러내면서 눈물을 흘렸고 더 이상 자신들의 마을에 의사가 없다는 사실을 알고 절망했다. 공산당에서 의원을 보낼 때까지 주민들은 알아서 자신들의 건강을 살펴야 했다. 며칠 뒤 김신은 크렘린에서 트로츠키를 만났다. 그를 만난 트로츠키는 기뻐할 수밖에 없었다.

김신을 예우하면서 소파에 앉히고 차와 다과까지 준비했다. 그리고 그에게 모스크바에서 의사들을 양성해 달라고 말했다. 요청을 받고 김신이 트로츠키에게 물었다.

"소비에트 인민을 위해 의과대학교 학생들에게 의술을 가르쳐달라는 말이오?"

"그렇소. 환자라면 악인이든 선인이든 가리지 않고 살린다고 들었소. 그리고 의사를 양성하는 것은 더 많은 인민을 살릴 수 있는 길이오. 김 선생이 생각하는 것과 다르지 않은 길이오."

트로츠키의 제안에 김신이 미소를 지었다. 그리고 역제안을 했다.

"더 많은 사람을 살리기 위해서 제대로 된 의사를 키워야 한다고 생각하오."

"동의하오."

"그래서 선택과 집중이 필요하다고 생각하오."

"……"

"내가 학생들을 가르치면 시험으로 등급을 나누고 상위 성적을 기록한 학생들을 가르칠 것인데, 동의해주겠소? 동의해준다면 모스크바에서 의사들을 양성하겠소."

"……"

김신의 제안에 트로츠키가 대답할 수 없었다. 굳은 표정을 지었다가 어색한 미소를 드러내면서 말했다.

"나쁘지 않은 제안이군. 당 위원들과 의논을 해보고 알려주겠소."

그의 말이 무슨 뜻인지 김신은 알고 있었다.

김신이 자리에서 일어났다. 이제 답변이 있을 때까지 공산당에서 정해준 거처에 머물러야 했다.

그곳을 적군 장병들이 삼엄한 경계를 벌이면서 지켰다.

김신이 돌아간 뒤 트로츠키가 치체린과 이야기했다.

"감히 시험을 치겠다고 말하다니……"

"등급은 곧 계급입니다. 그 또한 반동이고 부르주아입니다."

"그러면서 우리 인민을 무슨 생각으로 치료한 것이오? 나는 그의 행위가 절대 이해가 되지 않소. 부르주아는 개인의 이익을 위해서 모든 것을 행하는데 말이오. 혹 고려의 첩자는 아니겠지?"

"그렇게 여기기에는 전의 행적이 너무 명확합니다. 유럽

146

에서 빈민이라 불리는 어려운 노동자들을 치료하고 도왔습니다."

"정말로 정체를 알 수 없는 자로군. 어찌되었건 그자를 마음대로 하도록 둬서는 안 될 거요."

"조선에 돌려보내시는 것이……."

"아니, 돌려보내서도 안 되오. 내게 시험을 치르겠다는 말을 했지만 한편으로 평등이라는 우리의 사상과 맞닿아 있는 행동을 보이니까 말이오. 쓸모가 있을 수 있으니 연금해서 지켜보도록 하오."

"예. 주석 동지."

위험 요소로 생각해서 처분하기에는 김신이 가지고 있는 것들이 너무나 아까웠다.

연금을 하며 그의 생각이 달라지기를 기다렸다.

김신에 대한 보고가 탁현을 통해 조선의 장성호와 종현에게 전해졌다. 이척도 그에 관한 소식을 들었다. 소련에 김신이 있다는 소식을 듣고 크게 놀랐다.

"어의가 어째서 그곳에 가 있는가?"

이척의 물음에 장성호가 대답했다.

"사람을 치료하기 위해서입니다."

"사람을 치료하기 위해서?"

"예, 폐하. 어제 뒤늦게 서신이 도착했습니다. 파사 제국을 통해서 어의의 서신이 도착했사온데 내용은 이러합니다. 만국의 의원이 조선의 의술을 배워서 사람을 살리는데, 소련의 주민들은 전혀 그렇지 못하다 했습니다. 그래서 사람을 살리기 위해서 직접 소련으로 간다는 내용이었습니다. 큰일이 일어나더라도 절대 구하지 말라 했습니다."

"말로 구하지 말아달라고 해서 짐과 행정부가 가만히 있을 것이라고 보는가? 그렇게나 사람을 살리기 위해서 사지로 가는 위험을 감수해야 한단 말인가?"

"그렇게 하는 것이 의원입니다."

"무어라?"

"어의가 이 자리에 있었다면 그렇게 답변을 드렸을 겁니다."

"맙소사……."

장성호의 말에 이척이 기막힌 표정을 지었다. 그리고 다시 물었다.

"우리 요원들과 대원들은 뭘 했는가? 어의가 모스크바로 끌려갈 때까지 말이다."

종현이 즉시 대답했다.

"어의 대감의 위치를 파악하고 구출하기 위해서 갔습니다만 트로츠키와 적군이 훨씬 빨랐습니다. 그래서 모스크바에 어의 대감이 연금된 곳을 알고 구출 작전을 준비했습니다."

"곧바로 실행하면 되겠군!"

"그렇게 하려 했습니다만 총리대신이 중지시켰습니다."

"어째서 말인가?"

"그것은……."

장성호가 이어서 이유를 알렸다.

"이제 곧 소련 주민들을 상대로 심리전을 벌이려고 합니다. 평등은 세상의 질서를 교란하고 혼란만 일으킨다는 것을 알리기 위해, 소련 주민들의 봉기로 공산당 정권이 무너져야 합니다. 그들이 먼저 일어서고 우리가 돕는 형식이 되어야 합니다. 그런데 그러기도 전에 어의를 구출하게 되면……."

"우리가 주도해서 소련을 무너뜨리는 것이 될 수 있다?"

"그렇게 되면 세상은 평등과 공산주의의 문제로 보기보다 소련과 우리의 국력 다툼으로 보게 됩니다. 그러면 세월이 지나 부활한 공산주의와 더욱 어렵게 싸워야 합니다. 그때 우리 후대가 대가를 치르게 됩니다. 지금은 대를 위해서 소를 희생할 수밖에 없습니다."

장성호의 이야기에 이척이 불편한 표정을 지었다.

그를 보면서 장성호가 다시 말했다.

"사람만 살리는 의원입니다. 그래서 어의에 대한 트로츠키의 인식도 나쁘지 않습니다. 특별한 일이 없는 한 해하지 않을 것이고 예우할 겁니다."

"불행 중 다행이로군."

"불행한 일이 생기려 한다면 반드시 막을 겁니다."

이야기를 듣고 이척이 고개를 끄덕였다. 그리고 김신을 구하는 것보다 소련 인민의 봉기를 유도하는 것을 우선하기로 했다. 이척이 두 사람에게 물었다.

"현재 소련 주민들의 민심은 어떠한가?"

종현이 대답했다.

"최악입니다. 완전한 배급이라 주장하지만 사람의 욕심 때문에 중간에서 편취하는 자들이 있어서 모스크바에서 멀어질수록 제대로 이뤄지지 않고 있습니다. 그리고 강제 할당제 문제로 불만이 크게 쌓였고 결혼제도 폐지와 성별 폐지로 인해서 폭발 직전입니다. 적군을 통한 폭정 때문에 쉬쉬하고 있지만 터지기만 하면 소련의 모든 것을 송두리째 바꿀 겁니다."

"더 이상 평등이 인간의 진리가 될 수 없다는 것을 알게 된 셈이군."

"변화가 두려워서 억지로 붙들려는 사람은 있겠지만 이미 평등에 대한 신뢰는 깨어졌습니다. 그래서 심리전을 시작할 겁니다."

보고를 듣고 이척이 고개를 끄덕였다.

평시 작전에 관한 권한은 없었지만 형식적인 황명을 내릴 수 있었고 위엄을 드러낼 수 있었다.

이척이 장성호에게 명을 내렸다.

"인류가 그릇된 길로 향하지 않도록 소련 주민들을 일깨우고 기만자들을 처벌하라. 또한 적절한 때에 국의인 김신을 구하라."

"황명을 받들겠습니다! 폐하!"

거짓된 이상을 깨트리고 소련 인민을 일깨우고자 했다.

심리전을 모두 준비한 가운데 정보국 요원들을 통해서

진실이 세상에 알려지기 시작했다.

'페테르부르크'라 불렸던 '레닌그라드'에서였다.

이른 새벽부터 일터로 향하는 노동자들이 길가에 세워진 탁자와 그 위에 놓인 영출기를 보게 됐다.

늘 지나는 길에서 없던 것이었다.

"뭐야 이건……?"

"이거, 영출기잖아? 이 귀한 게 어째서 여기에…….""

대다수는 그것을 알아보지 못했으나 높은 직책에 있는 당원을 아는 노동자들 일부가 알아봤다. 그들은 출근하던 노동자들과 함께 영출기를 보면서 안에서 재생되는 영상을 봤다. 영상에서 트로츠키가 말하고 있었다. 결혼 제도를 폐지하기 전에 당에서 결혼을 통제하는 제도를 마련할 때의 모습이 나타나고 있었다. 안에서 결혼을 못하는 여인들에 대한 처분이 전해지고 있었다.

[결혼을 해야 하는 남자 수에 맞춰서 여자들을 잘라낼 것이오.]

[만약… 점수가 모자라서 남자와 결혼할 수 없는 여자 인민은 어떻게 됩니까?]

[그런 인민은 없소.]

[예……?]

[우리는 레닌 동지께서 하셨던 이야기를 기억해야 하오. 인류 만인의 완전한 평등이라는 혁명을 이루기까지, 희생은 불가피한 것을 말이오. 평등을 이루고, 그 희생 위에서

새롭게 거듭나야 하오. 반론이 있으면 이야기하시오.]

상상할 수 없는 이야기와 트로츠키의 모습이 쏟아지고 있었다. 영상을 보고 노동자들이 크게 놀랐다. 그리고 자신들의 눈과 귀를 의심했다.

"뭐… 뭐야? 이것은……?"

"안에서 말씀하시는 분은 주석 동지잖아…….”

"우리가 대체 뭘 보고 있는 거야……?"

"맙소사…….”

출근 시간에 사람이 잘 다니는 길 몇 군데에 영출기가 놓여 있었다. 영출기의 영상을 통해서 트로츠키가 어떤 사람인지 인민들이 목도했다. 모두가 충격에 빠졌고 많은 사람들이 고개를 가로저으면서 현실을 부정했다.

"그럴 리가. 절대 그럴 리 없어."

"주석 동지께서 그런 분이시라니!"

"평등을 위해 수가 맞지 않는 사람들을 죽이라니 절대로 그럴 리가…….”

동시에 만약이라는 가정을 하기 시작했다.

"만약 정말로… 진짜라면 어떻게 되는 거야…? 이게 사실이라면… 우린 주석 동지께 전부 속게 된 거야…….”

그때 영상의 시점이 움직였다.

트로츠키로 향해 있던 화면이 움직이자 그와 함께 있던 공산당 위원들의 얼굴이 한명씩 잡혔다.

그 위원들은 공산당에서 내무, 외무, 군사, 법무, 그 외

모든 부분에서 수장격인 사람들이었다.

그것을 보고 노동자들이 다시 충격을 받았다.

"맙소사……."

"이 자리에 있으면서 그런 결정이 내려졌다면… 전부 동의했다는 뜻이잖아……?"

"어떻게 이런 일이……."

웅성거리는 사람들 뒤에서 인기척이 일어났다.

군중이 모이자 그것을 이상하게 여긴 경찰들이 와서 사람들 사이를 갈라놓았다.

그리고 그들 또한 영출기와 영상을 보았다.

"뭐야… 이건……?"

급히 크렘린으로 보고가 전해졌다.

보고를 받은 트로츠키가 귀를 의심하면서 물었다.

"뭐… 뭐라고? 내가 했던 말들이 영출기를 통해서 인민들이 보게 됐다고……?"

"예! 주석 동지! 전에 결혼하지 못한 여자 인민은 없다고 말씀하셨던 것이 공개되었습니다!"

"……?!"

"누군가 밤에 설치한 것 같습니다!"

망치로 뒤통수를 맞은 듯한 느낌이었다. 입술이 떨렸고 손끝이 마비될 지경이었다. 심장이 아플 정도로 뛰고 있었다. 트로츠키가 비서에게 말했다.

"위… 위원들을 소집하고… 당장 영출기들을 수거하게… 어서!"

"예! 주석 동지!"

지시를 전하고 급히 위원들을 소집했다. 그리고 수거 지시를 내리면서 추가로 어떤 영상인지 확인하기 위해 가지고 올 것을 지시했다. 한시간 뒤 크렘린에서 트로츠키가 위원들과 함께 영상의 내용을 확인했다. 영상 속에서 인민을 함부로 여기는 내용의 발언이 계속 담겨 있었고, 평등과 공산주의를 위해 죄 없는 사람들이라도 죽여야 한다는 이야기가 계속해서 울려 퍼졌다. 또한 공산당 위원들이 함께 하며 동의한 모습도 담겨 있었다. 영상을 본 트로츠키가 앞에 있던 물 잔을 집어던졌다.

"으아아아! 크아악!"

영상을 본 위원들이 얼어붙었다. 그들의 관자놀이로 식은땀이 흘러내렸고 영상을 본 트로츠키는 노발대발했다.

분노로 자신의 공포와 두려움을 지우려고 했다.

"어떻게 영상이 찍힐 수 있지?! 어떻게?! 저 자리엔 아무것도 없었잖아!"

마치 사람이 직접 찍은 것 같은 촬영 구도였다. 그 사실에 공산당 위원들 중 누구도 제대로 된 의견을 낼 수 없었다. 치체린은 눈을 감으며 당에 큰 위기가 몰려오는 것을 느꼈다. 그때 트로츠키가 위원들에게 물었다.

"인민들의 반응은 어떠한가?!"

내무위원을 맡은 이가 대답했다.

"혼란에 빠졌습니다… 주석 동지라 여기는 인민도 있고… 아니라고 말하는 인민도 있습니다… 하지만 영상이 너무 정확해서……."

"모조리 죽여……."

"예……?"

"이 영상을 본 자와 아는 자들까지! 모조리 색출해서 제거하란 말일세! 그렇지 않으면 우리가 여태 일궈놓았던 이상이 무너지게 돼! 이 일을 아는 모든 인민을 제거해야 되네!"

"……!"

지시를 듣고 위원들이 얼어붙었다. 초유의 사태 속에서 그 지시 그대로 따라야 할지, 말아야 할지를 고민했다.

트로츠키가 위원들에게 경고를 전했다.

"이것을 우리가 막지 못하면, 우린 로마노프 놈들과 똑같은 일을 경험하게 될 것이네!"

마지막 경고였다. 그 경고만큼 위원들의 결정을 빠르게 이끌어낼 수 있는 것도 없었다.

로마노프는 구 러시아 제국의 황실 가문이었다. 졸지에 인민들이 반동을 넘어서서 반군이 될 수도 있었다.

"속히 조치를 취하겠습니다!"

"쥐새끼 한마리도 놓쳐선 아니 될 것이네!"

"예! 주석 동지!"

대대적인 탄압이 결정됐다. 곧 경찰과 프룬제의 적군을 통해서 영출기를 봤던 주민들이 끌려가기 시작했다.

경찰에 붙들린 노동자가 발버둥 쳤다.

"어째서 절 체포합니까?!"

"새벽에 반동의 조작 영상을 보고 주석 동지라 거짓말하지 않았나!"

"그럴 리가요! 저는 한번도 주석 동지라 말한 적이 없습니다!"

"웃기지 마! 끌고 가라!"

"지도원 동지! 지도원 동지!"

영상을 본 사람들을 끌고 가기 시작했다. 트로츠키였다고 말한 자는 말할 필요도 없었고 그저 영상을 본 사람들에게도 거짓을 진짜라고 말했다는 식으로 모함하면서 강제로 끌고 갔다. 그 수만 해도 모스크바에서만 천명이 넘었다. 그렇다곤 해도 영상을 보고 이야기를 들은 사람들 모두가 체포되는 건 아니었다.

절대 하늘을 가릴 수 없는 일었다.

"세상에… 영상을 봤다는 이유로 잡아가다니……."

"주석 동지라고 말해서 잡아간 거 아냐?"

"알렉산드르가 그런 말을 하는 것을 본 적이 없어. 다른 곳에서는 모르지만 내 앞에서는 절대 그렇게 한 적이 없어. 이건 뭔가 잘못됐어."

인적이 드문 곳에 있을 때 노동자들끼리 이야기했다.

그리고 그들은 공산당에서 부당한 일을 벌이고 있다는 식으로 생각을 밝히기 시작했다. 이야기를 하다가 인기척이 느껴지면 하던 말을 멈췄고 다시 사람이 안 보이면 수군거리면서 공산당의 조치에 대해서 이야기했다.

그러던 중 트로츠키에게 새로운 보고가 전해졌다.

그가 한 발언의 공개는 모스크바와 레닌그라드로 그치지 않았다.

"뭐… 뭐라고…? 민스크, 키예프에서도 내가 한 말이 공개되었다고?"

"예! 주석 동지……!"

"어떻게 그런 일이……!"

"민스크, 키예프뿐만이 아닙니다! 카잔에 사마라까지, 중 도시 이상의 도시마다 영출기가 설치되었다 합니다! 때문에 주민들이 알게 됐습니다!"

"……!"

비서의 보고에 트로츠키가 크게 충격을 받았다. 전신이 마비되는 것을 느꼈다. 두려움이 크게 일어났다.

"대체 누구란 말인가?! 누가 감히 이따위 짓을!"

순간적으로 배후가 떠올랐다.

"흐루쇼프?! 설마 그놈인가?! 그놈이 이 일을 저지른 것인가?!"

"그것은 아직 정확하게…… ."

"아냐, 그놈이야! 그놈과 처형하지 못한 반동 놈들 외에는 이 일을 벌일 수 있을 만한 무리들이 없어! 그리고 놈들을 고려가 지원한 거야!"

대량의 자기선과 자기선 재생기, 영출기가 쓰인 것을 떠올렸다. 그것은 외부 세력의 지원 없이 절대 불가능할 것이라고 생각했다. 비서에게 즉시 지시를 내렸다.

"당장, 프룬제 주석과 치체린을 불러 오게!"

"예……!"

지시를 받든 비서가 두 사람을 불렀고 프룬제와 치체린이 트로츠키 앞에 섰다.

프룬제에게 트로츠키가 지시를 내렸다.

"지금 당장 체포된 놈들을 처형하시오!"

"……?!"

치체린이 당황하면서 트로츠키를 말렸다.

"처형을 하더라도 혐의 입증을 하고 구분해서…….'"

말이 끝나기도 전에 트로츠키가 일갈했다.

"지금 처형하지 않으면, 소비에트의 모든 인민이 반동이 될 것일세! 공포와 두려움으로 인민들의 의심을 눌러야 하네! 알겠는가?!"

트로츠키의 주장에 치체린이 반박하지 못했다.

입을 다문 채 침묵으로 그에게 동의를 표시했다. 그리고 다시 트로츠키가 지시를 내렸다.

"당장 명령을 내리시오!"

"예! 주석 동지!"

직후 치체린에게도 지시를 내렸다.

"지금 벌어지는 일들은 우릴 배신한 흐루쇼프의 조작으로 주장해야 하오! 흐루쇼프가 우릴 공격하기 위해서 조작 영상을 뿌린 것으로 해야 하오! 그리고 고려 정부에 흐루쇼프에 대한 지원을 당장 중단하라고 전하시오! 그렇지 않으면 중대조치를 내릴 것이라고 말이오! 알겠소?!"

"예. 주석 동지…….'"

"반드시 우리의 혁명을 지켜내야 하오!"

흐루쇼프와 조선이 일으킨 일이라고 판단했다.

증거는 없었지만 그렇게 생각했고 그렇게 되어야 했다.

치체린이 트로츠키의 지시를 받아 대외 발표를 행했다.

공산당을 뒤흔드는 영상의 실체는 전부 흐루쇼프가 조작한 영상이며 그 뒤를 조선이 봐주고 지원했다는 식으로 발표했다. 그 소식이 한양에 닿았다.

이야기를 들은 이척이 장성호에게 물었다.

"이제 어떻게 할 것인가?"

그리고 대답을 들었다.

"거짓말은 아니지만 증거가 없습니다. 트로츠키의 생각은 흐루쇼프와 우리에게 모든 책임을 뒤집어씌우려는 겁니다. 그렇게 해서 한명의 한편이라도 건지려는 겁니다. 일단 소련 인민들에 대해 발표를 했고 대외 발표로 우리 책임이라 주장했으니 반박할 겁니다. 그리고 놈들의 약점을 공격할 겁니다."

대답을 듣고 이척이 고개를 끄덕였다.

장성호와 정부 대신들에게 모든 일을 맡겼고 곧바로 다음 날 외부에서 발표가 이뤄졌다.

이상설이 단상 위에 서서 기자들에게 이야기했다.

"현재 소련에서 인민평의회 주석인 트로츠키의 발언 영상이 폭로되고 있습니다. 그 영상을 흐루쇼프 위원의 조작이라 주장하며, 우리 정부가 그들을 돕고 있다는 주장에 대해서 단호히 부정합니다. 우리 정부는 흐루쇼프 위원의 행방을 모르며, 그러하기에 지원을 하고 싶어도 할 수가 없습니다. 또한 소련에서 폭로 영상에 쓰인 영출기와 자기선, 자기선 재생기 등은 서양 각국에서도 값만 치르면 쉽게 구할 수 있는 물품입니다. 때문에 어떤 나라가 배후에 있는지 알 수 없습니다."

한숨 돌리고 다시 입을 열었다.

"여태까지 소련은 만인평등이라는 이상으로 나라와 국민을 통제했습니다. 공동생산과 공동분배, 모두에게 주어지는 일자리, 모두가 할 수 있는 결혼, 남녀평등을 넘어서서 만인의 평등을 이루려고 했습니다. 그러나 작금의 상황은 어떻습니까? 인간이 가진 탐욕에 의해서 공동분배라는 체제가 무너졌고, 모든 국민에게 일자리를 주기 위해서 발버둥 치다가 자격을 갖추지 못한 이에게 직책을 맡겨서 일을 그르치고 있습니다. 모두가 결혼을 할 수 있도록 통제를 걸었지만 결국 결혼하지 못하고 남게 된 사람들의 존재를 살인으로 지우려 했습니다. 그 후 그러한 모순을 알게 되면서 아예 결혼제도 자체를 없애는 만행을 벌였고 성별 규정까지 폐지시켰습니다."

소련에서 트로츠키의 특별함을 콕 집어서 이야기했다.

그것은 소련 체제에서 가장 모순되는 부분이었다.

기자들이 그것을 열심히 받아 적었다.

"대체 이런 광기가 어디에서 나오는 것입니까? 바로 평등인 것입니다. 평등을 인류의 이상향으로 삼은 결과 소련은 인류사에 유례없는 혼돈의 나라가 되었습니다. 종의 경

160

계선마저 평등으로 부수자고 말하는 자들까지 나오는 사태가 벌어졌습니다. 가축과 인류를 같은 선에 놓는 사고방식의 핵심도 평등입니다. 그런데 평등을 내세우는 트로츠키 주석은 소련에서 가장 불평등한 위치에 서 있습니다."

핵심사항을 전하고 이상설이 마지막으로 정리해서 말했다.

"모든 인류는 불평등합니다. 생김새가 다르고, 자라온 환경이 다르며, 성격, 체력, 근력, 모든 것들이 다릅니다. 또한 생각하는 바가 다르고, 성취하고자 하는 것이 다릅니다. 다름은 곧 불평등 그 자체며, 인류의 발전은 이것을 인정하는 것에서부터 시작합니다. 불평등이 인류의 진리입니다. 오직 만인 사망의 평등과 도전 기회의 평등만이 허락될 뿐입니다. 그러하기에 우리는 공정함과 배려의 이상으로 내일을 향해 나아가야 합니다. 그것이 신이 창조한 인류의 진면목입니다. 이상입니다."

발표 전문은 기자들에게 따로 공개될 예정이었다.

그리고 이상설이 한 말은 그 날 생중계를 통해서 조선 만민에게 알려지고 저녁에 한번 방송이 되었다.

조선 정부의 발표는 이내 다른 나라의 뉴스와 신문을 통해서 알려졌다. 소련 공산당으로도 그 소식이 전해졌다. 소식을 들은 트로츠키가 크게 분노했다.

"감히 날 두고 가장 불평등한 위치에 서 있었단 말인가?!"

"예! 주석 동지!"

"부르주아 반동 놈들이 감히 평등을 논해?! 이런 개 같은!"

불평등이 진리라는 주장에 분통을 터트렸다. 그리고 자신을 두고 불평등의 증거라고 발표한 조선 정부를 싸잡아 비난했다. 증거가 없다고 말하는 조선의 발표를 믿지 않았다. 동시에 조선 정부의 발표 또한 막고자 했다.

흔들리는 소련 인민들의 마음을 붙들려고 했다.

"절대 공개되어서는 안 되네! 반드시 막아!"

"예! 주석 동지!"

그리고 다음 날이 되었다. 소련의 뒤숭숭한 새벽이 밝아지고 출근하던 인민들이 다시 곳곳에 설치된 영출기를 봤다. 영출기에서 트로츠키의 발언이 다시 폭로되었다.

[이 영상을 본 자와 아는 자들까지! 모조리 색출해서 제거하란 말일세! 그렇지 않으면 우리가 여태 일궈놓았던 이상이 무너지게 돼! 이 일을 아는 모든 인민을 제거해야 되네!]

영출기를 본 인민을 체포하라고 지시를 내릴 때의 영상이 공개되었다. 이어 그들을 처형해서 공포로 의심과 반감을 눌러야 한다고 주장하는 모습까지도 공개됐다.

마지막 영상이 결정타였다.

[지금 벌어지는 일들은 우릴 배신한 흐루쇼프의 조작으

로 주장해야 하오! 흐루쇼프가 우릴 공격하기 위해서 조작 영상을 뿌린 것으로 해야 하오! 그리고 고려 정부에 흐루 쇼프에 대한 지원을 당장 중단하라고 전하시오! 그렇지 않으면 중대조치를 내릴 것이라고 말이오! 알겠소?! 반드시 우리의 혁명을 지켜내야 하오!]

영상을 보고 주민들이 다시 큰 충격에 빠졌다.

집착 같던 신뢰마저도 무너져 내렸다.

"어떻게 주석 동지께서 이러실 수 있어⋯⋯?"

"인민을 죽이라 지시하고⋯ 그것을 흐루쇼프와 고려에 게 뒤집어씌우려했다니⋯⋯."

"대체 어디서부터 거짓말인 거야⋯⋯?"

웅성거리면서 분개했다. 영출기 앞에 군중이 모여 있었고 그 뒤로 인기척이 일어났다.

경찰들이 와서 사람들을 밀쳤다.

"대체 뭘 보고 있는 거야?! 죽고 싶어! 당장 꺼!"

호통을 치면서 영출기를 보는 사람들을 체포하려고 했다. 인민들이 그들을 두려워하기보다 분노 가득한 시선으로 노려봤다. 경찰들이 당황했다.

"뭐야?! 그 눈빛은⋯⋯?!"

사람들이 나서면서 경찰들을 포위했다.

"네놈들이 사람이냐⋯⋯?"

"뭐⋯ 뭐라고⋯⋯?"

"트로츠키 놈도 똑같아! 그놈도 부르주아였고 반동이었

어! 그놈들을 따르는 너희들도 반동이다!"

"우왁!"

군중이 곤봉을 든 경찰들에게 달려들었다.

그리고 그들을 무자비하게 짓밟았고 폭행했다.

쓰러진 경찰들에게 쉴 새 없이 발길질이 가해졌고 결국 경찰 하나가 숨졌다. 나머지 경찰들은 입술이 터지고 얼굴에 멍이 든 상태에서 살려달라고 빌었다.

"사… 살려주시오……."

"우린 시키는 대로 따른 것밖에 없소… 제발 우리를……."

그때 뒤에서 호각소리가 울려 퍼졌다.

소총으로 무장한 적군 장병들이 와서 소총을 조준했다. 경찰을 죽이고 폭행한 인민은 그들에게 인민이 아니었다.

적군 병사의 시선 속에 한 노동자가 눈에 들어왔다.

'아… 아버지?!'

'세르게이?!'

부자의 시선이 마주쳤다.

적군 장교가 권총을 들고 크게 소리쳤다.

"평등과 공산주의 혁명을 무너뜨리는 반동분자다! 사격 개시!"

"아버지!"

노동자를 아버지로 둔 병사가 소리 질렀다.

그의 곁에 있던 병사가 소총의 방아쇠를 당겼고 자식을 쳐다보고 있던 한 남자의 가슴에 총탄이 날아들었다.

그렇게 비극이 일어났다. 총성이 울려 퍼지면서 영출기 앞에 모여 있던 사람들이 죽임을 당했고 살아남은 사람들은 온 힘을 다해 사선에서 벗어났다.

그리고 적군의 추격을 따돌린 사람들이 있었다.

트로츠키에게 급보가 전해졌다.

"흐루쇼프의 조작으로 주장하라 했던 내 말도 공개했다고……?"

"예! 주석 동지!"

"그게 또 어떻게… 공개가 돼……?"

"저… 저도 그것은 잘……!"

"어떻게 그게 또 공개가 되냐고! 빌어먹을!"

있을 수 없는 일이었다.

자신이 하는 말 마디마디마다 인민들에게 알려지고 있었다. 그리고 이제는 걷잡을 수 없이 변해버렸다.

소련 곳곳에서 인민들이 들고서 일어났다.

하늘을 향해 자유롭게 외쳤다.

"트로츠키와 당이 인민을 속였다!"

"놈들이야말로 부르주아다!"

"와아아아아~!"

함성이 크게 일어났다. 그리고 다시 새 역사가 만들어지기 시작했다.

평등이라 불리는 맹독에서 깨어나기 시작했다.

그 답은 틀렸다

"트로츠키를 단죄하라!"

"놈은 우리를 속였다! 트로츠키야 말로 진정한 부르주아다!"

"인민의 피를 빨아먹고 권좌를 차지한 자들을 끌어내라!"

"러시아, 우라!"

"와아아아아~!"

잊혔던 외침이 크게 울려 퍼졌다. 평등의 명분으로 세워진 소비에트를 혐오하고 불평등이 만연했던 세상을 그리워했다. 그것이 이제 진리라고 생각했다.

세뇌에서 깨어난 주민들이 들고 일어났고 화기로 무장한 적군을 향해서 화염병을 던졌다. 온몸에 불이 붙은 적군 병사가 비명을 질렀다. 봉기를 일으킨 인민을 상대로 진압이 벌였다. 적군 장교가 크게 소리쳤다.

"조준! 사격 개시!"

총성이 일어나면서 항거한 인민들이 쓰러졌다. 총탄이 빗발치듯이 날아들자 원성을 터트리던 주민들이 도망쳤고, 사격을 벌인 장병들이 그들의 뒤를 쫓기 시작했다.

화염병과 권총, 흉기로는 절대 적군을 상대로 싸워 이길 수 없었다. 결국 주민들이 적군의 무기고를 털었다.

"어서 옮겨! 군이 오기 전에 도망쳐야 해!"

"빨리 화물차와 수레에 실어!"

소총과 기관총, 심지어 박격포를 비롯한 탄약까지도 빼서 수레에 실었다. 무기를 빼돌린 주민들은 즉시 안전한 곳으로 피한 뒤 무장을 했고 밀려드는 적군은 상대로 교전을 벌이기 시작했다. 4층 건물 창문 위에서 총성이 일어났다. 소총을 조준한 주민이 방아쇠를 당기자 진압을 위해 달려오던 적군 병사가 쓰러졌다. 그리고 옆 건물에서 맥심 기관총이 불을 뿜기 시작했다. 빗발치는 총탄이 바닥을 때렸고 주위로 돌가루들이 흩날렸다. 건물 모서리와 기둥에 몸을 숨긴 적군 병사가 외쳤다.

"반동 놈들이 우리 무기고를 턴 것 같습니다! 놈들이 기관총으로 아군을 사격합니다!"

"대체 무기고 경계를 어떻게 선 거야?! 총성이 멈출 때까지 엄폐해! 멈추고 나면 일제 돌격한다!"

"예! 중대장님!"

이윽고 총성이 멈췄다.

"지금이다! 전군 돌격!"

"와아아아~!"

총성이 멈추자 적군 장병들이 일제히 쏟아져 나왔다.

그들을 상대로 주민들이 다시 화기를 쏘면서 총성을 일으켰다. 폭발이 일어나면서 화염 기둥이 치솟아 올랐고 적군이 박격포와 야포를 동원하면서 포격 받은 건물이 힘없이 무너져 내렸다. 건물 안에 있던 주민들이 죽임을 당했다. 그리고 그들에게 거처를 내어준 여인과 아이들도 무참하게 죽었다. 소련 곳곳에서 교전이 일어나기 시작했다. 그 소식은 첩보원과 소련을 탈출한 사람들에 의해 유럽으로 전해졌다.

프랑스 방송국의 뉴스 아나운서가 이야기했다.

[이렇듯, 현재 소비에트에서는 주민들이 트로츠키 주석과 공산당을 향해서 항쟁을 벌이고 있습니다. 결혼의 평등을 증명하기 위해, 결혼할 수 없는 여성에 대한 학살 예고가 공개되었고 그것을 거짓말로 덮으려 했던 것이 다시 공개가 되면서 주민들의 분노를 크게 일어났습니다. 이것은 불가능한 이상에 인간을 끼워 맞춤으로써 일어난 참사입니다. 이상으로 르미에르 기자였습니다.]

뉴스를 시청한 두메르 프랑스 대통령이 총리인 '앙드레 타르디외'에게 말했다. '평등'이라는 이념이 프랑스를 위기에 빠트린 적이 있었다. 그 일을 기억하고 있었다.

"결국 소비에트도 무너지는군."

"평등함이라는 이상에 집착하다가 모든 것이 망가졌습니다. 국내에도 소비에트를 추종하는 무리들이 있을 거라 생각합니다. 아마도 충격이 대단할 겁니다."

"충격은 가겠지만, 틀린 것은 트로츠키라 주장하면서 자신들은 아직 옳다고, 주변 사람들을 물들이려고 하겠지. 그들의 논리를 미리 저지해야 하오."

"맞습니다. 각하."

"인간의 개개인이 개성이 있고 다른 존재인데, 그것을 두고 평등할 수 있다고 말하는 자들은 거짓말쟁이고 선동가며, 또 다른 트로츠키요. 이를 국민들에게 다시 교육하고, 평등을 대신할 수 있는 공정함과 배려라는 대안이 있음을 다시 한번 알리시오. 우리는 고려와 함께 길을 걸을 것이오."

"예. 각하."

소련을 반면교사로 삼고자 했다. 프랑스 국민들에게 다시 한번 더 평등을 거론하는 자들과 공산주의 이념을 세우는 자들을 경계하게 만들었다. 그리고 계속해서 공정함으로 문제의 해결을 시도하려고 했다. 프랑스 국내에 숨어 있던 공산주의자들이 절규했다. 그들은 자신이 믿어왔던 이상이 배신했다는 생각에 심지어 자결을 하고 세상을 상대로 무차별 분노를 표출하기도 했다.

 그것이 평등한 자유라 생각했고 금세 경찰에게 체포되어 합당한 형벌을 받았다. 프랑스 정부는 일벌백계를 통해 다시는 그와 같은 일이 벌어지지 않도록 만들려고 했다. 그리고 이웃 나라들도 프랑스와 마찬가지로 공정함과 배려의 이상을 새겼다. 세상이 소련을 주시하고 있었다.

 주민들의 봉기가 내전으로 격화되고 있었다.

 반란을 일으켰다가 사로잡힌 주민들이 종렬로 늘어섰고 그들 앞에서 적군 병사가 소총을 들고 방아쇠를 당겼다.

 총성이 일어나자 늘어섰던 주민들이 그대로 쓰러졌다. 여러 명을 관통한 총알은 마지막에 서 있던 주민을 뚫지 못했다. 그 주민은 벌벌 떨면서 쓰러진 친구와 동료들을 내려다봤다. 흉부가 뚫린 친구가 피를 흘리면서 죽어가고 있었다. 그 주민의 머리로 권총탄이 날아들었다.

 적군 장교가 병사들에게 지시했다.

 "다음!"

 이어 여인들과 아이들이 줄지어 섰다. 그리고 병사들에게 소총을 조준하라고 지시했다. 사격 명령을 내리려고 할 때 주변을 지나던 한 적군 장교가 크게 외쳤다.

 "멈춰라!"

 명령을 내리려던 장교가 고개를 돌려서 그를 보았다.

 "누구요 당신은?"

 보지 못했던 얼굴이었다. 그러하기에 직속상관이나 부하는 아니었다. 말 위에 타고 있던 장교가 내려서 처형 명령을 내리려던 장교에게 자신을 알렸다.

"나는 게오르기 주코프 제 1 기병 여단장이다. 지금 대체 무슨 짓을 저지르고 있나?!"

"보이듯이 반동을 처형하고 있소."

"반동? 저 힘없는 여인과 아이들이 반동인가?!"

"그렇소."

"뭐라고……?"

"저들의 남편과 아비가 우리에게 소총을 쐈고 공산주의를 반대했소. 만약 저들을 죽이지 않으면 결국 우리 공산주의를 무너뜨리는 반동이 될 것이오. 그 씨앗을 미리 분쇄할 거요."

"…….."

"일 없으면 상관하지 말고 가시오."

장교가 주코프에게 당당히 말했다. 그는 대대장이었고 직책상 주코프가 두 단계 위였다. 주코프가 장교를 계속해서 노려봤다. 그리고 다시 처형 명령을 내리려는 장교의 관자놀이로 권총을 뽑아서 총구를 조준했다.

놀란 장교가 당황하며 주코프에게 물었다.

"무… 무슨 짓이오……?"

주코프가 경고했다.

"명령 내려서 여인과 아이들을 풀어줘. 당장!"

"미쳤소? 저들은 결국 우리의 혁명을 무너뜨릴 자들이오! 우리 사상을 지키기 위해 절대 살려서는!"

"사상을 위한 인민인가?! 인민을 위한 사상인가?! 당장 여인과 아이들을 풀어!"

"……."

인민을 위한 사상이라는 말에 장교가 눈빛을 달리했다. 당황하던 병사들에게 눈짓을 줬고 여인과 아이들에게 소총을 조준했던 병사들이 이내 주코프에게 소총을 조준했다. 동시에 주코프가 이끌던 병력도 그들을 조준했다. 적군이 반으로 나뉘었다. 장교가 주코프에게 이를 갈면서 말했다.

"주코프 여단장… 당신은 지금부터 반동이오… 그리고 절대 살아남지 못할 것이오……."

크게 소리치면서 명령을 내렸다.

"뭣들 하나! 어서 반동을 죽여……!"

퍽!

"……?!"

푹! 푸푹!

"저… 저격이다!"

장교의 머리가 터지며 주코프의 얼굴로 피가 튀었다.

동시에 그를 조준했던 적군 병사들도 한꺼번에 죽으면서 바닥에 쓰러졌다. 살아남은 쪽은 주코프가 지휘하는 장병들밖에 없었다. 그들이 당황하면서 주위를 돌아봤으나 어느 쪽 방향에서도 저격수를 찾을 수 없었다.

총성이 들리지 않았음에 방향조차 잡을 수 없었다.

"총성이 안 들렸어!"

"어떻게 된 거야?!"

"분명히 여러 명이었어!"

"……."

주코프가 피를 닦으면서 생각에 잠겼다. 누군가가 나서서 자신을 도와줬다는 생각을 했다. 눈앞에서 머리가 터지던 장교의 모습을 기억했다. 피격된 부위보다 반대편을 크게 파괴하는 총알의 특성상 주코프는 어디에서 저격이 이뤄졌는지 짐작할 수 있었다. 그 방향으로 시선을 돌렸다. 그리고 그곳에 어떠한 고지나 높은 건물이 없다는 것을 알았다. 가까이에 주민들이 있었고 그들 또한 당황하면서 두리번거리고 있었다.

주코프가 휘하 장병들에게 지시를 내렸다.

"당장 인민을 풀어주게."

"예… 예! 여단장님!"

그리고 풀려난 여인이 울면서 주코프에게 말했다.

"감사합니다! 정말 감사합니다!"

구원에 대한 감사를 전하면서 함께 처형될 뻔했던 자식의 손을 잡고 호송을 받았다.

주코프가 휘하 장병들에게 지시했다.

"당장 무단 처형을 벌이는 놈들을 제압한다. 그리고 항복을 권고하라. 투항하지 않는 자들은 모조리 죽여라."

"예! 여단장님!"

지시를 내리고 한숨을 쉬면서 하늘을 쳐다봤다.

"결국… 모든 게… 허상이었단 말인가……."

그가 믿었던 것도 평등이라는 이상이었다. 만인이 평등

해질 수 있다고 믿으면서 군에 몸을 담고 소비에트와 인민을 지켜왔다. 그러나 그 이상이 불가능한 거짓말이었다는 것을 알게 됐다.

더 이상 평등함을 위해 투쟁을 벌일 이유가 없었다.

"우리는 이제부터 인민을 위해서 당을 상대로 싸운다. 설령 반동이라는 이야기를 듣더라도, 인민을 지켰다는 이유로 듣게 된다면 반드시 들을 것이다. 그것은 우리에게 더없는 명예가 될 것이다."

"예! 여단장님!"

주코프를 장병들이 따랐고 그들은 적군으로부터 완전히 이탈했다. 부대를 상징하는 깃발 중 낫과 망치가 새겨진 깃발을 버리고 백색의 깃발을 들었다. 그것은 항복이나 협상을 뜻하는 것이 아닌 인민을 지키는 군대의 순수함으로 돌아가는 것을 뜻했다. 그리고 이내 시험을 받았다.

"우리의 이상과 혁명을 무너뜨리려고 하는 배신자들을 처단하자!"

"와아아아~!"

적군이 아닌, 트로츠키를 지지하는 인민이 주코프군에게 달려들었다. 인민을 지키기 위한 군대는 그들을 상대로 함부로 총격을 가할 수 없었다. 의기를 높이며 반군 사령관이 된 주코프는 화기로 무장한 인민에 의해 의외의 패배를 당했다. 소련에 계속해서 혼란이 가중되었다.

그 사실을 탁현이 조선 정보국 요원들을 통해서 보고받았고 흐루쇼프에게 알려줬다.

적군 중에서 돌아서는 자들이 있었다.

"어떤 부대는 트로츠키에 대한 배신감으로 돌아선 부대가 있고, 어떤 부대는 인민을 위해서 돌아선 부대가 있소. 그들이 돌아서게 된 동기는 트로츠키에 대한 분노와 인민을 위하겠다는 대의요. 그런데 두 쪽 다 우리는 좋은 방향으로 여기지 않고 있소."

"공정함이 빠졌기 때문이오?"

"그렇소. 공정함이 빠진 분노는 무자비한 복수로 변하게 될 것이고, 인민을 위하겠다는 의기는 인민이 적이 되었을 때 무력해질 수 있소. 공정함만이 복수심을 억제하고, 인민이 적이 되더라도 바름과 정의를 위해 싸울 수 있소. 어떤 때는 인민을 위해서 싸우는 것이 답이 아닐 수도 있소. 평등 또한 인민을 위한다는 대의 위에서 탄생되었기 때문이오. 인간이 신이 아닌 이상, 모두를 구원할 수 없소."

이야기를 듣고 흐루쇼프가 고개를 끄덕였다.

탁현은 이제 때가 되었다는 생각을 했다.

탁자 위의 지도를 가리키면서 흐루쇼프에게 말했다.

"결과는 틀렸지만 선의의 근원은 다르지 않소. 적군으로부터 돌아선 유능한 지휘관이 있소. 그가 누군지 알려줄 테니 가서 중심을 잡아주시오."

"이제 새로운 체제를 그와 함께 세우란 말이오?"

"그렇소. 새로운 체제, 새로운 나라를 세우는 것이오. 그렇게 해서 최후의 발악을 벌이는 인류의 악을 소탕하는 것이오. 인민을 위한 것이 아니라, 공정함을 되찾기 위해서 말이오. 승리를 이룬 후, 패자를 살피는 것이 진정한 배려요. 지금은 공정함을 찾아야 할 때요."

탁현의 말에 흐루쇼프가 공감했다. 그리고 더 이상 이상을 추구하지 않았다.

반군이 된 지휘관에 대해서 흐루쇼프가 물었다.

"유능한 지휘관이 누구요?"

그리고 대답을 들었다.

"제 1 기병 여단장 게오르기 주코프요. 그가 반군의 총사령관이 될 거요."

주코프의 존재를 흐루쇼프에게 알려줬다.

적군에게 패해 후퇴한 주코프가 카잔에 머물고 있었다.

흐루쇼프가 학자들과 함께 그에게 찾아갔다.

그리고 흐루쇼프가 자신의 신분을 밝혔다. 흐루쇼프가 찾아옴에 주코프는 크게 놀랄 수밖에 없었다.

"저… 정말로, 반동으로 체포되었다가 도망을 쳤던 흐루쇼프 위원이란 말이오?"

"그렇소."

"여태 어디에 있었던 거요? 그리고 어째서 지금 내게 온 것이오? 그 경위를 혹시 내게 알려줄 수 있겠소? 흐루쇼프 위원이라는 사실이 믿어지지가 않소."

갑자기 나타난 흐루쇼프가 믿어지지가 않았다. 주코프의 물음에 흐루쇼프는 자신이 어디에 있었는지, 또 그를 찾아온 이유에 대해서 알려주기 시작했다.

"고려에 다녀온 직후, 트로츠키와 당의 동지들이 나를

반동으로 몰았소. 이유는 따로 설명하겠지만, 놈들은 내가 그들의 권력을 위협한 존재로 인식한 것 같소. 그래서 죽을 뻔했다가 도망을 쳤고, 몸을 계속해서 숨길 수밖에 없었소. 당에서 나와 함께 고려에 다녀온 자들을 추적했으니 말이오. 인민을 버리고 다른 나라에 망명할 수도 없어서, 계속 몸을 숨기고 있다가 이제야 나온 것이오. 주코프 여단장을 도와서 새로운 혁명을 이룰 것이오."

"새로운 혁명을 말이오?"

"그렇소. 평등이 아니라, 공정함을 세우는 혁명을 말이오. 우리는 여태 평등을 논했지만 단 한번도 공정함을 논하지 않았소."

흐루쇼프의 이야기를 듣고 주코프의 뒤통수에서 충격이 일었다. 한번도 생각해본 적이 없는 사상이자 명분이었다. 그런 주코프에게 흐루쇼프가 물었다.

"인민을 위해서 당에 맞서기로 했다 들었소."

"맞소……."

"그런데 당을 지지하는 일부 인민들에게 패했다고 들었소."

"그것도 맞소……."

"어째서 적군도 아닌 자들에게 패할 수 있는 것이오?"

흐루쇼프의 물음에 주코프가 대답했다.

"인민을 위해서 싸우려고 했소. 그런데 어찌 감히 인민을 죽일 수가 있겠소? 싸움을 주저하다가 패했고 전략상 후퇴를 명령했소."

대답을 듣고 흐루쇼프가 말했다.

"칼 든 강도도 우리 인민이고, 살인자도 우리 인민이오. 인민을 위한다는 것은 그들을 위하는 것도 포함되는 것이오. 거기에 공정함은 대체 어디에 있소?"

"……."

"우리는 새로운 사상으로 무장해야 하오. 평등이라는 말은 달콤하게 들리지만 그것이 어떤 괴물로 변했는지 우리는 알고 있소. 그리고 절대 이룰 수 없는 사상이오. 우리에겐 탐욕이라 불리는 절대 극복할 수 없는 본성이 있기 때문이오. 생존하길 원하는 소망도 탐욕 중 하나요. 진정한 평등은 세상의 모든 인류가 완전히 절멸하는 것이오."

"……!"

평등의 완성을 듣고 주코프가 또 한번 충격 받았다. 그리고 주위에 있던 장병들이 술렁였다. 그저 공산당과 트로츠키에게 반역했을 뿐, 평등이라는 사상에 아예 등 돌린 상황은 아니었다. 만인이 행복하기 위해서 평등함이 반드시 필요하다는 그 생각이 깨어지기 시작했다.

"그… 그러면 우린 어떤 사상을 안고… 무엇을 위해서 싸워야 하는 거요?"

주코프의 물음에 흐루쇼프가 대답했다.

"바로 공정함이오. 오직 공정성만이 우릴 바른 길로 인도해줄 거요. 그리고 공정함은 인간이 만 번을 지향해도 절대 비난받지 않을 위대한 사상이오. 그러한 사상 위에서 배려로 화평을 이뤄야 하오. 공정과 배려로, 우리 인민과 후손을 고려 같은 나라에서 살게 해줘야 하오.”

흐루쇼프의 이야기를 듣고 주코프가 깨우침을 얻었다.

그리고 장병들은 인민을 상대해야 하는 죄책감에서 벗어
나게 됐다. 무엇을 위해서 싸울 것인지를 다시 설정하고
전의를 드높였다.

지휘부에 있던 모든 장병들이 눈빛을 밝혔다.

주코프가 그들을 보고 흐루쇼프에게 말했다.

“잊었던 것이 있었소.”

“무엇을 말이오?”

“뛰어난 지휘관은 모든 병사를 살리는 지휘관이 아니라
전쟁에서 이기는 지휘관이라는 것을 말이오. 전쟁에서 모
든 병사를 살리는 것은 불가능한 일이오.”

전쟁에서 불평등은 진리였다. 어떤 이는 전사하고, 어떤
이는 생존하는 것이 바로 전쟁이었다. 모든 병사들의 생환
을 이루려다 보면 반드시 패할 수밖에 없었다.

그 진리를 뒤늦게 깨우치고 승리하려고 했다.

그가 장병들에게 지침을 전했다.

“지금부터 우리는 공정함을 세우기 위해서 싸운다! 평등
이라 말하면서 권좌에 오른 범죄자들을 징벌할 것이고, 그
들을 비호하는 무리들까지 모두 소탕할 것이다! 그러나 항
복한 자들에 대해선 아량을 베풀어라!”

“예! 여단장님!”

“이제, 우리는 후퇴하지 않는다!”

“우라!”

전열을 가다듬고 다시 진격을 벌이기 시작했다.

잃었던 전의와 명분을 되찾고 공정함을 위해 당당히 싸워나갔다. 그리고 트로츠키를 따르는 인민과 싸우기도 주저하지 않았다. 서진하며 적군을 상대로 싸우는 다른 부대와 규합하며 세를 불리기 시작했고 주코프의 진격 소식은 이내 프룬제를 통해서 트로츠키에게 전해졌다.

보고를 받은 트로츠키가 주먹으로 책상을 내려쳤다.

"인민을 위하겠다면서 당에 맞섰던 반동 놈들이 오히려 인민을 죽이면서 우리 사상에 끝까지 맞설 것이라고?!"

"예! 주석 동지!"

"인민들은 그것에 대해 어찌 생각하오?!"

"대다수는 반동을 따르는 분위기입니다…! 하지만 걱정하지 마십시오! 모스크바를 방위하는 당의 정예군은 능히 이겨낼 수 있습니다!"

"당연히 그래야지! 그런데 어떻게 감히 인민을 지킨다 말하면서 죽이는 자를 따를 수 있단 말이오! 아니 그렇소?!"

트로츠키가 생각하기에 주코프는 거짓말을 하고 있다고 생각했다. 절대 인민이 그를 따를 수 없을 것이라고 생각했다. 그때 프룬제가 트로츠키가 알지 못하는 사실을 몇 가지 알려줬다.

"인민이 아니라 공정함을 지키겠다고 합니다……."

"공정함……?"

"예… 평등함을 이루는 것은 불가능하니… 공정함과 배

려로 모든 사람들이 도전할 수 있고 억울함을 겪지 않는 세상으로 만들겠다 합니다… 흐루쇼프가 주코프 여단장을 돕고 있습니다…….."

"……?!"

보고를 듣고 숨을 크게 들이켰다. 그리고 인민이 주코프를 따르는 이유를 알게 됐다.

또한 머릿속에서 퍼즐 조각이 끼워 맞춰졌다.

"역시! 배후는 흐루쇼프였어! 놈의 첩자가 당 안에 있었던 거요! 적군 장병들에게 알려서 더 이상의 이탈을 막으시오!"

"예! 주석 동지!"

"모든 전력을 동원해서 반동의 군대를 궤멸시키시오!"

"예!"

자신이 실언한 영상의 공개가 흐루쇼프를 비롯한 주코프에 의해서 이뤄진 것임을 지속적으로 주장했다. 그리고 그 주장이 맞아떨어지는 것 같은 분위기가 되자 지체 없이 적군 장병들에게 알리면서 사기가 떨어지는 것을 막고 반동으로 규정한 주코프의 군대를 상대하게 만들었다.

*　*　*

모스크바 서쪽 300km 도시인 '니즈니노브고로드'에서 기세를 드높이며 진격하던 주코프의 반군이 멈춰 섰다. 적군이 도시를 지키면서 방어에 나섰고 빌딩은 곧 성채가 되면서 공세를 벌이는 자에게 어려움을 선사했다. 전황이 교착 상태에 빠지면서 적군과 반군 사이에서 공방이 오가기 시작했다. 일선 장교의 지휘능력이 중요했다.

그리고 주코프군에겐 눈에 보이지 않는 지원군이 있었다. 조선 특임대 대원들이 건물 사이를 오가면서 적군 지휘관들을 노렸다. 김상옥이 직접 저격총을 적 장교에게 조준하고 방아쇠를 당겼다. 철컥, 하는 소리와 함께 소음기가 장착 된 총구 끝에서 연기가 올라왔다. 곁에 있던 특임대 대원이 망원경으로 확인하고 보고했다.

"적중입니다. 표적이 제거되었습니다."

"이렇게 적 장교를 사살하는데, 전혀 밀리지가 않는군."

"시가전의 특성상 어쩔 수 없는 것 같습니다. 그래도 어느 순간에는 밀릴 겁니다. 결국에는 주코프군이 이길 겁니다."

야전이었다면 일찌감치 적군이 패했어야 했다.

그러나 시가전이었기에 지휘 체계에 구멍이 나도 그리 크게 문제가 드러나지 않았다.

계속해서 적군 장교들을 저격했다.

니즈니노브고로드를 지키는 적군은 시간이 지날수록 조금씩 타격을 받으면서 주코프가 지휘하는 반군의 공세에 건물을 내어주기 시작했다. 반군이 점령하기 힘든 건물은 직접 특임대가 나서서 적군 장병들을 처리하고 은밀히 빠져나왔다. 낮에는 은폐우의로 몸을 가렸고 밤에는 야간투시경을 쓰고 반군을 도왔다. 그리고 사단장인 적군 지휘관을 김상옥이 결국 저격해서 사살했다.

함께 움직이는 대원이 보고했다.

"사살됐습니다. 적장을 명중시키셨습니다."

"이걸로 적군 1개 사단이 마비되겠군."

"예. 대장님."

나석주로부터 무전 보고가 전해졌다.

—삼각사. 삼각사. 당소 자유소, 이상.

"당소, 삼각사. 송신 바람."

—적 연대장 1명 사살했다고 통보.

"확인."

적군 연대장이 나석주에 의해서 사살됐다.

사단장과 연대장이 거의 동시에 사살됐으니 김상옥은 적군의 피해가 만만치 않을 것이라고 생각했다. 즉각 그러한 효과가 나타날 것이라고 생각했다. 그때 하늘에서 굉음이 크게 일어났다. 벌떼 소리가 들리자 저격총을 붙잡고 창문 앞에서 엎드려 있던 김상옥이 몸을 일으켜 세웠다. 소리가 나는 반대편 창문을 통해 하늘을 쳐다봤다.

"이런!"

붉은 별이 새겨진 무수한 항공기들이 보였다.

나석주로부터 급히 무전이 날아들었다.

—대장님! 적 항공대입니다! 놈들이 반군을 공격하고 있습니다!

그아아앙~!

드드드득!

186

"……."

멀리 대지를 향해 기총 소사를 벌이는 적기들이 보였다. 적군에도 육군 항공대는 있었고 결국 공산당에 맞서서 서진을 벌이는 반군을 향해 총탄을 토해내기 시작했다. 그리고 하늘에서 폭탄을 떨어트렸다. 대지에서 불기둥이 치솟아 오른 뒤 검은 연기가 자욱하게 올라왔다.

동쪽 지평선이 검게 물들기 시작했다.

계속해서 소련 항공부대의 폭격이 이어졌다.

김상옥이 패퇴를 직감했다.

"니즈니노브고로드에서 철수해야겠네. 아무래도 반군이 패할 것 같네……."

"예. 대장님……."

도시 밖에 위치한 반군 지휘부 근처로 폭탄이 떨어졌다. 기관총 진지에서 급히 불꽃을 일으키면서 화망을 구성했다. 폭격을 가하던 적군 폭격기들이 총알을 피해 이리저리 움직이기 시작했다. 덕분에 지휘부는 적군의 제대로 된 폭격을 받지 않았다.

그럼에도 위급한 것은 달라지지 않았다.

총지휘관을 맡은 주코프가 다급히 명령을 내렸다.

언제 머리 위로 폭탄이 떨어질지 몰랐다.

"전군 후퇴한다! 적 항공 부대의 공격을 피해서 서쪽 숲으로 이동한다! 적기의 공격이 멈출 때까지 숲에서 대기한다! 신속히 명령을 전하라!"

"예! 사령관님!"

니즈니노브고로드 서쪽의 침엽수림에 부대를 피신시키고자 했다. 급히 후퇴 명령이 떨어지고 니즈니노브고로드를 공략하던 부대가 후퇴했다. 그리고 지휘부와 함께 숲으로 피신해 적군 항공대의 폭격을 경계했다. 나뭇가지 사이로 소총과 기관총의 총구를 들어 올려서 조준했다.

한편 적군 조종사들은 무성한 침엽수림 위로 전투기를 몰아가면서 날지 않았다. 반군이 어디에 있는지 알 수 없었기에, 기체 하부에 달린 폭탄을 눈먼 폭탄으로 만들지 않았다. 초지와 숲의 경계에서 선회 비행을 벌이다가 연료가 떨어지면 기지로 돌아가서 보급을 받았다. 그리고 다시 초지와 숲 근처로 와서 선회 비행을 벌였다. 하늘을 나는 적군의 전투기들을 보면서 반군 장병들이 한숨을 쉬었다. 그들에게 항공 전력이 전무했다.

"빌어먹을 이기고 있었는데……."

"생각해보니 놈들에게 항공 부대가 있었어……."

"저놈의 전투기하고 폭격기들 때문에 니즈니노브고로드를 점령하지 못했어. 저놈들만 아니면 지금쯤 도시의 반 이상을 점령했을 거야. 그랬다면 적어도 패한 것처럼 후퇴하지는 않았겠지……."

"죽지 않고 살았다는 사실에 감사히 여겨."

"뭔가 기운이 쭉 빠지는 느낌이야……."

"망할……."

이기다가 역전패를 당한 기분이었다. 전의가 꺾이며 하늘을 나는 적군의 항공기들을 가만히 쳐다만 보고 있어야 했다. 전황의 어려움을 주코프가 느꼈다.

'지원 부대가 필요하다… 전투기와 전차로 무장한 지원 부대가 말이야… 보병과 포병만으로는 저들을 상대할 수 없어…….'

니즈니노브고로드 남쪽에서 주코프가 직접 지휘하지 않는 반군이 소련의 전차 부대에 궤멸 당했다. 조선군이 유럽에서 전차 부대를 운용한 뒤로, 철강과 자동차를 생산하는 모든 나라는 정예 부대를 전차로 무장시키고 있었다. 그리고 소련 또한 예외일 수 없었다.

공중 지원과 전차 부대의 강력한 돌파에 의해서 기세 좋게 진격했던 반군이 패했다. 결국 니즈니노브고로드를 노리던 주코프는 지원 전력의 부족으로 후퇴할 수밖에 없었다. 그리고 그 소식이 후방에 있던 흐루쇼프에게 전해졌다. 전투기와 폭격기, 전차와 장갑차를 적군이 동원하기 시작했다. 반군에 큰 위기가 닥치는 상황에서 반드시 적의 강대한 전력을 뛰어넘어야 했다.

카잔에 있던 흐루쇼프가 탁현을 호출했다.

"알다시피, 트로츠키와 당의 적군이 서부에 배치되어 있던 전차 부대와 항공대를 동원하기 시작했소. 지금 아군이 위기에 빠진 상황인데, 고려에서 아무런 이야기가 없소? 정보국이나 특임대의 지원만이 전부인 거요?"

흐루쇼프의 물음에 탁현이 대답했다.

"아직 소비에트 반군에서 아국에 대한 정식 지원 요청이 없었소. 요청이 없는데 우리가 먼저 움직일 수는 없소."

"그러면 지원 요청을 하면 고려의 전투기와 전차가 투입되는 거요?"

"정부에서 결정할 사안이오. 다만 나는 흐루쇼프 위원의 요청을 전할 뿐이오. 그렇지만 아마도 그럴 것이라고 생각하오."

정당하게 밟아야 할 절차가 있었다. 흐루쇼프는 탁현의 이야기를 듣고 고개를 끄덕이면서 그러한 절차를 이해했다. 반군 나름대로도 거쳐야 할 과정이 있었다.

"주코프 사령관에게 이야기하겠소. 답변을 듣는 대로 알려주겠소."

곧바로 무전 교신을 통해 주코프에게 조선에 지원군을 요청하는 것에 대해서 물었다. 그리고 동의를 얻고 이내 탁현에게 지원 요청의 뜻을 전했다. 특임대와 정보국을 지휘하는 탁현이 한양으로 무전 교신을 보내서 보고했다.

그리고 보고를 받은 장성호가 그에 관련된 인사들을 모아서 사정전으로 입전했다. 소식을 들은 이척이 턱을 손으로 매만지면서 물었다.

"소련군의 기갑 부대와 항공 부대의 전력이 어떻게 되지?"

이척의 물음에 군부대신인 이웅천이 대답했다.

"전차부대는 T—26이라 불리는 전차로 무장해 있습니다. 아군의 맹호 전차보다 못하지만 영길리의 첫 전차인 마크 전차보다는 강합니다. 기관포로 무장해 일반 차량과 보병에 강한 모습을 보입니다. 그리고 장갑 차량은 화물차에 장갑판을 덧댄 형식입니다."

"경이 말한 대로라면 조잡한 수준이겠군."

"예. 폐하."

"그래도 보병에겐 강하겠지. 물론 짐의 군사들에게는 아니지만 말이다. 문제는 항공 전력이겠군."

"지금은 아군에서 운용하지 않는 보라매 수준의 전투기를 운용하는 것으로 파악되었습니다. 그리고 참매 수준의 급강하폭격기로 무장해 나름의 항공 전력을 갖추고 있습니다. 하지만 아군과 대결을 벌이게 되면 순식간에 패할 것입니다. 아군 전투기는 압축분사기관으로 하늘을 날고 소리보다 빠르게 날 수 있습니다. 소련 반군을 지원하신다면 우리의 신무기가 선보여지게 됩니다. 그것으로 충격을 일으킬 겁니다."

이응천의 이야기를 듣고 고개를 끄덕였다. 그리고 다시 물었다.

"주코프와 흐루쇼프를 돕는다면 어느 정도의 전력으로 도울 수 있나?"

대답을 들었다.

"육해공 삼군과 해병대를 지원할 수 있습니다."

"부대 규모는?"

"육군은 1개 기갑 사단과 2개 기계화 보병사단, 해군은 1개 항공모함 전단을 포함한 1개 함대, 공군은 전투기 60기와 지원기들을 포함한 1개 전투비행단을 지원할 수 있습니다. 육군 총지휘관은 안중근 중장, 해군 총지휘관은 1

기동함대 사령관인 이강 제독, 공군 총지휘관은 노백린 소장으로 추천 드립니다. 그리고 3군과 해병대를 통솔하는 원정군 지휘관으로 박정엽 대장을 추천 드립니다."

지휘관 추천을 받고 이척이 이주현을 봤다.

"경의 지아비로군."

"예, 폐하. 하지만 군에서는 한명의 군인일 뿐입니다."

"그래."

박정엽이 이주현의 남편이었다. 그는 해병대 지휘관으로 연전연승을 이룬 유능한 지휘관 중 한 사람이었다. 이척이 해병대 중대장으로 복무하던 시절, 해병 사단을 이끌던 장군이었다. 이응천의 추천을 받아 지휘관들을 쓰기로 했다.

"박정엽 대장을 전시 원수로 진급시키고 원정군 사령관으로 삼으라. 그를 통해 삼군과 해병대를 통솔하고 공정함을 세우려는 소련의 반군을 도울 것이다. 또한 특임대 사령관에게 명령을 내려서 국의 김신을 구할 준비를 하라고 전하라. 주코프와 흐루쇼프를 지원한다는 발표가 이뤄지기 전에 국의를 구해야 할 것이다. 그리고 국의가 구해지면 거짓말로 혼란을 불러들이는 간악한 자들을 섬멸할 것이다."

"황명을 받들겠습니다. 폐하."

주코프와 흐루쇼프의 반군을 돕기로 했다. 그와 함께 대외 발표 이전에 트로츠키에게 붙들린 김신을 구하고자 했다. 탁현에게 명령이 전해지고 이내 대기 상태에 있던 특임대 대원들에게 지시가 하달됐다. 정보국 요원들은 김신이 갇힌 숙소의 위치를 알고 있었다.

밤이 되자 거리에 적군 장병들이 돌면서 누군가 영출기를 설치하지 않는지 감시했다. 암구어를 통해 동초끼리 신분을 확인하고 그 외의 사람들이 밖에서 돌아다니지 못하도록 만들었다. 그 사이를 정보국 요원과 특임대 대원들이 자유롭게 돌아다녔다. 은폐우의를 뒤집어쓰고 마치 유령처럼 적군 사이를 흘러서 지나갔다. 그리고 김신이 갇혀 있는 건물 앞에 이르렀다. 문 앞을 적군 초병이 지키고 있었고 대원들은 그들을 죽이지 않았다.

김상옥이 대원들을 이끌고 있었다.

─적군의 동초가 지나가는 시간적 간격이 짧다. 건물의 초병을 죽이면 작전 도중에 발각될 거다. 옆 건물을 통해 옥상으로 진입한다.

─예. 대장님.

경계가 매우 삼엄했다. 때문에 초병을 함부로 죽일 수 없었다. 김신을 구한 뒤에서 은밀히 탈출해야 했기에 가급적 적에게 들키지 않는 것이 중요했다. 그래서 옆 건물로 향했고 뒷문으로 들어가기 위해 골목으로 들어가 조심히 걸었다. 뒷문 앞에 초병 두명이 있었다.

그리고 개 한마리가 앞에 묶여서 주위에서 일어나는 소리나 인기척을 들으며 쉬고 있었다. 그들과 개를 죽이는 것은 길가에 드러나는 초병을 죽이는 것보다 나았다.

멀리서 김상옥이 소총을 들었고 그와 따라 움직이는 대

원들도 함께 소총을 들었다.

누구를 처치해야 하는지를 알려줬다.

—나는 개를 죽일 테니, 문식이와 봉창이는 초병을 죽인 다. 셋에 방아쇠를 당겨라.

—예. 대장님.

—하나, 둘, 셋.

따닥.

—초병 제거.

소음기를 지난 총탄이 옅은 총성을 일으켰다. 단말마조차 울려 퍼지지 않게, 머리에 정확하게 총알을 꽂아 넣었다. 초병과 함께 있었던 군견도 김상옥이 쏜 소총탄에 머리를 맞고 그대로 침묵했다.

직후, 대원들이 신속히 움직였다.

건물 안에 사람들이 들어가지 못하도록 일부러 막았는지 뒷문은 잠겨 있었다. 문을 열기 위해서 대원들은 손잡이 주변에 총탄을 먹였다. 그리고 헐거워진 손잡이를 살짝 흔들어서 열린 문을 밀며 안으로 들어갔다.

조심히 계단을 따라 건물 옥상으로 올라갔다. 그리고 김신이 갇혀 있는 건물 옥상으로 발판대를 구해서 다리처럼 놓고 그 위로 김상옥을 비롯한 일부 대원들이 건너갔다. 옥상 문도 마찬가지로 열고 안으로 들어갔다. 초병이 지키고 있는 방이 곧 김신이 갇혀 있는 방이었다.

복도에는 불침번과 같은 적군 병사들이 다니며 보초를 서고 있었다. 그들을 김상옥이 주시하고 있었다.

초병들에게 김상옥과 대원들의 소총이 조준됐다.

—셋.

따다닥.

—잘 자게.

일거에 초병들이 쓰러졌다. 그중 한 사람은 머리에 총을 맞고도 팔을 뻗으면서 살려고 했다. 김상옥은 절대 자비를 베풀지 않고 다시 머리로 소총탄을 쐈다.

그리고 죽은 초병의 주머니를 뒤졌다.

주머니를 뒤지던 대원들이 김상옥에게 보고했다.

—열쇠가 없습니다. 대장님.

—…….

보고를 듣고 심각하게 고민했다. 그리고 이내 결정을 내렸다.

—대감께서 계시는 방안에 초병이 있을 수도 있다. 아까 전처럼 문을 따서 들어갔다간 크게 소란이 일어나게 될 거야.

—그러면 어떻게 합니까?

—이 건물 안에 있는 모든 적군을 사살한다. 아마도 건물 안에 지휘소 같은 곳이 있을 테니 그곳에서 열쇠를 구한다. 봉창이는 여기를 지키고 나머지는 나를 따라서 움직인다. 연사로 쏘기를 주저하지 마라.

—예. 대장님.

열쇠를 찾지 못해 건물 안을 샅샅이 뒤지기로 했다.

건물 밖을 여전히 적군 초병이 지키는 가운데, 그들의 근무 시간이 끝나기 전에 김상옥과 대원들이 안을 헤집으면서 적군 장병들을 사살했다. 복도를 거니는 불침번들을 죽이고 휴게실에서 담배를 피우는 병사들을 죽였다.

그리고 어두운 방에 들어가 침실에서 코를 고는 장병들에게 소총탄을 쏘아 조용히 만들었다. 김상옥을 비롯한 특임대 대원 5명에게 죽은 적군 장병들만 무려 30명이었다. 그렇게 위층에서부터 1층까지 내려오면서 적군의 목숨을 쓸어 담았다. 마지막 방에서 김상옥이 문을 열었다.

안에 장교가 팔짱을 낀 채로 졸고 있었다.

문이 열리는 소리에 고개를 돌린 병사가 황당한 표정을 지었다. 그는 문 사이에 서 있는 김상옥을 알아볼 수 없다. 은폐우의가 빛을 굴절 시켜놓았다. 인기척은 있었지만 앞에 아무 것도 없다는 사실에 지휘소에서 근무하는 병사는 식은땀을 흘리며 소름을 느껴야 했다.

문이 어째서 열렸는지 알 수 없었다.

그때 그의 미간에서 구멍이 생겼다.

병사가 쓰러지고 잠을 자던 장교의 숨소리가 사라졌다.

동시에 지휘소 안의 모든 장병들이 머리에 총탄을 맞고 바닥에 쓰러졌다. 어느 누구도 비명을 지를 수 없을 정도로 순식간이었다. 바닥에 피가 고이기 시작했다.

앞으로 걸어온 김상옥과 대원들이 시신의 주머니를 뒤지고 서랍을 뒤졌다. 그리고 열쇠를 찾았다.

―찾았다. 봉창아, 이상 없지?

―예. 대장님.

—지금 올라간다.

오발을 막기 위해 미리 이동한다는 것을 알리고 방 앞으로 갔다. 그리고 열쇠에 새겨진 번호와 방문의 번호를 확인하고 문을 열었다. 문이 열리자 방 안을 지키던 초병들의 고개가 돌아갔다. 그들 또한 머리와 심장에 총알이 박히면서 그대로 숨졌다.

초병이 쓰러졌고 그 뒤에 있던 김신이 움찔했다.

그는 앞에서 일렁이는 아지랑이를 보고 있었다.

"혹시… 조선군이오……?"

김상옥이 은폐우의의 모자를 뒤로 넘겨서 얼굴을 드러냈다.

"예. 조선군 특임대입니다. 대감님을 구하러 왔습니다. 은폐우의를 드릴 테니 입어주시기 바랍니다."

작은 배낭에 담아서 가지고 온 은폐우의가 있었다.

남는 은폐우의를 김신에게 넘겨주었다.

그것을 받은 김신은 대원들이 알려주기도 전에 착용하고 은폐 활성화 단추를 눌렀다. 그러자 형태가 보이던 우의가 빛을 굴절시키면서 투명화 됐다. 두건 같은 모자를 쓰고 입 가리개로 얼굴을 가리자 두 눈만 허공에 떠서 껌뻑였다. 그조차도 대원들이 넘겨준 보안경을 쓰자 사라졌다. 그렇게 완벽한 은폐를 이루고 움직이기 시작했다.

김상옥이 건넨 무전기로 이야기를 들으면서 걸음을 옮겼다. 옥상으로 향한 뒤 옆 건물로 넘어가서 1층으로 내려왔다. 그리고 적군 초병의 시신을 보고 유유히 감금된 곳에서 빠져 나갔다. 그로부터 한시간이 지나서였다.

교대 시각을 넘긴 초병이 참다못해 문을 열고 안으로 들어갔다. 그리고 비명을 지르면서 급히 보고를 전했다.

그 보고는 이내 크렘린으로 전해졌다.

트로츠키가 소식을 듣고 목소리를 떨었다.

"뭐… 뭐라고 했나…? 김신이 도망을 쳐……?"

"예. 주석 동지……."

"경계병들은 대체 뭘 했단 말인가?!"

"모두 죽었습니다……."

"뭐……?"

"하나같이 머리, 아니면 심장에 총알이 꽂혔습니다. 운 좋게 유탄 조각을 주웠습니다. 여기, 조각을 합친 탄두입니다. 탄두 직경은 5.5mm에서 5.6mm 정도입니다. 세상에서 이 구경의 탄두를 쓰는 무기가 없습니다……."

"그렇다는 것은 대체… 무슨 뜻이오……?"

"대단한 정예군, 그리고 신무기라는 겁니다. 초병의 보고로는 김신을 가두고 있던 건물이 엉망이 되는 동안 어떤 총소리도 들리지 않았다 합니다. 유령 같이 건물 안을 휩쓸고 빠져나갔다는 것밖에 설명이 되지 않습니다."

"유령……."

"그럴 수 있는 나라는 고려밖에 없습니다……."

프룬제의 보고에 머리털이 곤두섰다. 은연중에 흐루쇼프가 조선과 결탁했다는 식으로 이야기를 했지만 그것이 현실화됐을 가능성이 크다는 말에 머릿속이 뒤집어지고 아찔해졌다. 그리고 급보가 트로츠키에게 전해졌다.

치체린이 찾아와서 다급하게 말했다.

"고… 고려에서 중대 발표를 했다 합니다!"

"어떤 발표를 말이오?!"

"놈들이…! 반동을 돕겠다는 발표입니다! 흐루쇼프가 놈들에게 군사 지원을 요청했습니다!"

"맙소사……!"

가장 우려하는 상황이 벌어졌다. 트로츠키는 숨이 턱 막히는 것을 느꼈다. 조선의 의지가 아닌, 평등과 공산주의를 신봉했다가 버린 자들의 의지로 인해서 조선군이 불러들여졌다. 그리고 조선군에게 소련 공산당이 패할 경우, 그것은 소련 인민 전체가 공산주의를 버린 것으로 평가될 수 있었다. 트로츠키가 프룬제에게 엄명을 내렸다.

"무조건 이겨야 하오! 반드시 말이오! 우리가 지면 다시 인류 평등은 이뤄지지 않을 거요!"

죽음보다 혁명, 또 혁명을 위한 삶이었다. 모든 것이 무너질 것이라는 생각에 눈물이 흘러 내렸다.

넘을 수 없는 해일이 몰려오는 것을 느꼈다.

위선자들에 대한 조선의 응징이 펼쳐지기 시작했다.

실조선新정기

한 번 휘둘러 쓸어버리니
피가 강산을 물들이다

　세상에 전화가 다시 솟구치기 시작했다. 인류 평등으로 분쟁을 지우려 했던 소비에트에서 도리어 불평등과 불공정으로 인민들이 들고 일어서고, 또한 적군이라 불렸던 일부 군대가 공산당에 맞서서 싸우기 시작했다. 인류에 새로운 역사가 창조되는 동안 전쟁에 관여하지 않는 사람들은 새로운 미래를 그려나가고 있었다. 그리고 새로운 세상을 발견해 나가고 있었다. 유럽과 미국의 최고 천재 학자가 조선에 와서 차원에 관한 연구를 벌이고 있었다.

　성균관 연구실에서 두 사람이 함께 수식을 비교했다.

　결정적인 부분에서 일치하지 않음에 한숨을 쉬면서 아쉬

워했다. 아인슈타인이 수식의 한 부분을 검지로 짚으면서
시디스에게 말했다.

"이 부분이 맞지 않군."

"예. 교수님…….."

"이 부분이 맞아야 다음 단계로 넘어갈 수 있는데… 이
렇게나 일반상대성 이론과 양자 역학이 안 맞다니…….."

"하지만 두 이론을 연결시키면 다차원 세계를 수식으로
가정할 수 있게 됩니다. 양자 역학에서는 드러나지 않는
결과에 대해서 다양한 결과를 제시할 수 있으니까 말입니
다. 이미 우리가 죽었다고 생각하는 존재에 대해서도 말입
니다. 죽음을 확인해야 그것이 확정됩니다."

"뭔가 사이를 이어줄 수 있는 이론이 필요하네. 실험을
할 수 없으니, 이론이라도 탄탄해야 돼."

"맞습니다. 교수님."

조선의 우주발사체를 통해서 상대성이론이 입증되기 전
에, 아인슈타인은 조선인 학자들과는 따로 자신이 세웠던
상대성이론의 실재를 자신했다. 그럴 수 있었던 이유는 그
이론이 그저 이론 물리학으로 머물러 있을 때 탄탄한 수식
으로 가정할 수 있어서였다. 그러나 다차원에 관한 입증은
이론 단계에서부터 꽉 막히고 있었다.

시공간의 개념이 적용된 상대성이론과 다차원 세계의 개
념이 적용 된 양자역학을 합쳐야 했다.

그 사이를 이어줄 수 있는 무언가가 필요했다. 그것을 고
민하고 있을 때, 두 사람의 연구실로 귀빈이 찾아왔다. 문

이 열리는 소리조차 듣지 못할 정도로 집중하던 중이었다. 귀빈이 두 사람을 부르고 나서야 고개가 돌아갔다.

아인슈타인과 시디스 앞에 박은성이 있었다.

"과학기술부대신."

두 사람이 의자에서 벌떡 일어섰다. 그리고 박은성에게 머릴 숙이면서 목례로 인사했다. 두 사람의 인사를 받고 박은성이 손을 내밀면서 악수했다.

"지나가는 길에 잠시 들렀소. 집중을 해서인지 내가 들어와도 모르던데, 혹시 뭔가 막히는 게 있었소? 표정이 좋지 않아 보였는데?"

"큰 문제는 아닙니다. 하지만 막혀 있었던 것은 사실입니다."

"내가 알아도 되겠소?"

박은성이 묻자 아인슈타인이 멋쩍게 미소를 지으면서 대답했다.

"상대성이론과 양자역학의 수식을 합치고 있었습니다."

"두 이론의 수식을 합친다?"

"예. 차원에 관한 연구를 벌이려면 두 수식을 합친 포괄적인 이론을 세우고 수식으로 검증을 해야 됩니다. 그런데 검증하던 도중에 오류가 나서 원인이 무엇인지 알아보고 있습니다."

"참으로 어려운 연구를 하고 있소. 물론 내 입장에서 쉽게 말하는 것처럼 들리겠지만 말이오. 상대성이론과 양자역학의 융합이라니, 참으로 획기적인 발상이오."

"결과가 나온다면 더할 나위 없는 시도입니다."

연구에 대해서 박은성이 듣고 흐뭇한 미소를 지었다.

그리고 두 사람을 어떻게 도울지에 대해서 고민했다.

금전이나 자재 지원을 생각하다가 두 사람에게 당장 필요한 것이 아니라는 생각에 다른 것을 생각했다.

때론 사람 한명이 대단한 지원일 수도 있었다.

"연구원 하나를 붙여주고자 하는데, 어떻소? 받아들이겠소?"

박은성의 물음에 아인슈타인이 되물었다.

"연구원이라면, 어떤 사람을 말입니까?"

"내가 잘 아는 사람이오. 그리고 분명히 도움이 될 것이라고 생각하오."

"과학기술부대신께서 그렇게 말씀해 주신다면 받아들이겠습니다. 함께 차원에 관한 연구를 벌이겠습니다."

박은성의 확신에 아인슈타인이 대답했다.

추천하는 인물을 받아서 연구를 하겠다고 말했다.

그 말에 박은성이 미소를 환하게 지었다.

"내일 이곳으로 보내겠소. 그리고 연구에 방해가 되는 것 같으니 이만 가보겠소. 수고하시오. 연구원이 오면 연락이나 한 번 주시오."

"예. 과학기술부대신."

목례로 인사했고 볼일을 마친 박은성이 연구실에서 빠져나갔다. 그가 나간 뒤로 아인슈타인과 시디스는 연구원의 정체에 대해서 매우 궁금하게 생각했다.

조선인 연구원일지, 다른 나라 연구원일지에 대해서 이야기하다가 조선인 연구원이라고 생각하면서 하루가 지나가기를 기다렸다. 늦은 밤까지 성균관에서 있다가 집에서 잠만 자고 곧바로 나와서 연구를 벌였다. 그러다 박은성이 보낸 연구원을 만났다. 그는 박은성을 빼다 박은 청년이었다. 청년이 두 사람에게 목례로 인사했다.

"처음 뵙겠습니다. 수학과 조교수를 맡고 있는 박지헌입니다. 두 분 교수님들과 연구에 참여할 수 있게 되어 영광입니다."

청년 연구원을 보고 두 사람이 환하게 웃었다. 그리고 박은성에게 연락해 청년 연구원을 연구에 참여시키기로 결정을 내렸다. 박지헌은 박은성의 늦둥이 자식이었다.

미래가 아닌 조선에서 낳은 자식으로 다시 새롭게 미래를 밝힐 인물이었다.

그 믿음이 아비로서 쉽게 지워지지 않았다.

전화 수화기를 놓았을 때 박은성에게 장성호가 물었다.

"지헌이 아인슈타인과 시디스와 함께 연구합니까?"

"예. 총리대신."

"어릴 때부터 과학기술부대신을 닮아서 머리가 좋았는데 이런 일까지 생기는군요."

"가문의 영광입니다."

"지헌이가 두 분으로부터 좋은 것만을 배울 수 있기를 바랍니다."

"감사합니다."

덕담을 듣고 은성이 감사의 뜻을 장성호에게 전했다.

그리고 장성호는 과학기술부의 업무를 살피다가 비서의 보고를 받고 군부로 발걸음을 옮기려고 했다.

집무실 밖으로 나가는 장성호에게 은성이 물었다.

"이제 작전이 벌어지게 됩니까?"

은성의 물음에 장성호가 대답했다.

"작전이 아니라, 혁명입니다. 만인 평등을 무너뜨리고 공정함을 세울 것입니다. 평등이 화평의 진리로 쓰일 수 없다는 것을 알릴 것입니다."

인류의 미래와 후대를 구할 위대한 혁명이었다. 칼을 갈면서 기다렸고 한번 휘둘러 대의를 세우려고 했다.

김신을 납치하고 억류한 트로츠키와 공산당에 관해서 맹비난을 가했다. 동시에 공산주의의 문제점을 명백히 파악하면서 절대 그와 같은 사상을 따라선 안 된다고 생각했다. 사람보다 사상을 앞세워선 절대 안 된다고 생각했다. 그리고 모순으로 얼룩진 세계를 조선군이 부수려고 했다.

신문을 읽으면서 백성들이 이야기했다.

"앞으로 사흘 안에 작전을 벌일 거래!"

"어의 대감을 구출하기 전에 우리 해군 함대가 미리 출항했나봐!"

"세상에, 시속 60킬로미터로 움직이고 있다니! 엄청나게 빠르잖아!"

"이번에 군부의 신무기들이 대거 투입될 건가봐!"

해군에서 복무하다 전역한지 몇 년이 지나 예비군 기간 마저도 끝난 백성들이 이야기했다. 그들은 신문에 사진으로 담긴 해군의 신형 함정들을 보면서 탄성을 터트렸다. 세상에 그 어떤 군함도 조선군 함대의 함정들보다 빠를 수 없었다. 신형 함정으로 편제된 1개 함대 전력이 인도양의 물살을 갈랐다.

신형 함정들은 반도체 집적회로와 전자계산기 등의 기술이 쓰인 무기들을 탑재하고 있었고 무기에 대한 자동화 통제도 이루고 있었다. 함포는 한 문밖에 없었지만 절대 얕볼 수 없다는 사실이 신문의 기사를 통해서 널리 알려져 있었다.

어느 누구도 조선군의 함정을 의심할 수 없었다.

중순양함 정도 되는 크기를 지닌 함정 3척과 경순양함 정도 되는 크기를 지닌 군함 12척이 수에즈 운하를 따라서 움직였다. 그리고 구축함 정도 되는 크기를 지닌 군함 3척과 여러 지원함들이 뒤따라 움직였다.

무엇보다 가장 큰 군함은 항공모함이었다.

운하 주변으로 다가온 구경꾼들은 조선군이 자랑하는 항공모함을 보면서 탄성을 지를 수밖에 없었다. 길게 뻗은 비행갑판을 보면서 그 위로 전투기들이 날아오르고 착륙할 것이라고 생각했다.

하지만 사람들이 본 것은 항공모함이 아니었다.

진짜 항공모함은 그 뒤에 있었다. 작은 항공모함이 지나가고 큰 항공모함이 운하를 따라서 움직였다.

"와!"

"미쳤어!"

"뭐가 저리 큰 거야?!"

"살면서 저렇게 큰 배는 처음 봐!"

"우와!"

작은 산이라 부를 수 있을 정도로 큰 군함이었다. 그 길이만도 어지간한 전함보다 훨씬 길고 선폭도 넓었다.

5년 전에 조선의 건설회사가 수에즈 운하의 폭을 넓혔던 것을 기억했다.

"저 군함을 지나가게 하려고 그때 그렇게나 공사를 한 건가……?"

"정말로 고려는 대단한 것 같아… 여러모로 말이야… 저렇게 큰 군함을 만들 수 있다니 믿어지지가 않아…….."

"확실한 것은 트로츠키 놈은 끝났다는 거야."

"맞아!"

안에서는 평등을 지향하는 것이 당연하다고 여겨졌다. 그러나 밖에서 볼 때는 그저 괴물로밖에 보이지 않았다.

알라를 믿는 자들조차 평등의 기만을 알고 있었다.

그리고 조선이 트로츠키를 응징할 것이라고 생각했다.

운하 양편으로 금색의 사막이 펼쳐져 있었다.

그 사이를 조선 1기동 함대 함정들이 줄지어 지나갔다.

다시 대해로 나오자 함정의 속도를 높이면서 대열을 갖추기 시작했다. 중앙에 항공모함이 위치해 있었다.

항공모함에 승함한 한성방송국 기자가 목소리를 높였

다. 그는 김은상이었다.

"지금 보시면 아시겠지만 작년에 전력화된 해군의 신형 항공모함인 충무공이순신함을 중심으로 3척의 방공순양함과 12척의 유도탄구축함, 3척의 대잠호위함, 군수지원함, 기뢰제거함, 잠수함 등이 항진하고 있습니다! 무엇보다 이번에 작전을 벌이면서 상륙 작전도 이어서 벌이기에 뒤로 해병대가 승함한 상륙함들이 따라오고 있습니다! 보기엔 항공모함처럼 보이지만, 군의 신무기인 직승기 이착륙을 위해 비행갑판이 설치되어 있습니다! 군부에서는 이번 작전으로 세상이 경험한 적 없는 완벽한 승리를 이룰 것이라 장담하고 있습니다! 이상으로 김은상 기자였습니다."

위성 방송을 통해 생중계 취재가 벌어지고 있었다.

사람들은 신문으로 전쟁이 일어나고 전과에 대한 소식을 듣는 것이 아닌, 생중계 취재로 조선의 전쟁이 어떻게 이뤄지는지를 지켜보고 있었다.

영출기 앞에 조선 백성들이 모였고 이척도 사정전에서 영출기 시청을 했다. 이척의 손에 문서 한 장이 쥐어졌다. 편전 안에는 그와 천군이라 불리는 인사 외에는 어느 누구도 있어서는 안 됐다.

문서를 통해 조선의 신무기 수준을 가늠할 수 있었다.

제 1 기동함대
충무공이순신급 항공모함(엔터프라이즈 핵추진 항공모

함) — 1척

충무공이원회급 방공순양함(타이콘데로가 이지스 방공순양함) — 3척

광개토태왕급 유도탄구축함(스푸르언스 유도탄구축함) — 12척

한성급 대잠호위함(올리버해저드페리 대잠호위함) — 3척

장보고급 공격잠수함(로스앤젤레스 핵추진잠수함) — 2척

독도급 강습상륙함(와스프 강습상륙함) — 1척

병사봉급 상륙함(샌안토니오 상륙함) — 4척

지원함 — 군수지원함 4척, 기뢰제거함 4척 등

문서를 훑고 이척이 장성호에게 물었다.

"이것이 우리 해군의 핵심 전력인가?"

"예. 폐하."

"짐이 알기로 작전을 벌이는 함정들 모두가 3년 이내에 진수되고 배치된 함정들이로군. 그땐 그저 설명만 들었는데, 원형이라 할 수 있는 함정이 있을 줄이야……."

"집적회로와 전자계산기를 개발한 덕분에 건조할 수 있는 함정입니다. 동시에 유도탄들을 개발하면서 그것들을 모두 운용할 수 있는 함정입니다."

"시대를 뛰어넘는 무기들이로군."

"예. 적어도 50년 동안은 조선 해군을 대적할 해군은 없

을 것입니다."

미래의 군함을 표본으로 삼아 건조된 군함들이었다.

그것을 보면서 이척은 이제 해전에서 거포가 아닌 항공기와 유도탄의 시대를 맞이했다는 것을 실감했다.

문서 뒷장에 함재기로 탑재되는 항공기의 명칭과 표본이 쓰여 있었다. '송골매'라는 전투기의 명칭과 'F—14 톰캣'이라는 명칭이 함께 쓰여 있었다.

그리고 조기경보기와 대잠 직승기, 수송 직승기, 함재 공격기 등 다양한 기체의 명칭과 표본이 쓰여 있었다.

또한 공군 전투기에 '검독수리'라는 명칭과 'F—15 이글'이라는 명칭을 확인했다. 공군에 속한 신형 수송기와 폭격기, 공격기도 표본이 있었다. 그것들을 확인한 이척이 문서를 장성호에게 돌려주면서 물었다.

"사본이라고 말했다. 원본은 파기되었나?"

"예. 폐하."

"그것을 태우면 마지막으로 남은 흔적마저도 지워지겠군."

"우리가 창조하는 미래만이 남을 겁니다. 인류를 바른 길로 이끌어야 합니다."

사본을 소각한다는 이야기를 듣고 이척이 고개를 끄덕였다. 이후 원정군 편성에 관한 마지막 절차를 치르기 시작했다. 근정전에 신문 기자와 방송국 기자들이 모인 가운데, 정복을 입은 박정엽이 정전에 입전해서 이척을 알현했다. 그의 어깨 위로 별 5개의 계급장이 올려졌다.

그리고 이척의 어검이 박정엽에게 전해졌다.

원수로 임명한 이척이 박정엽에게 군령을 위임했다.

"경의 지휘가 곧 짐의 지휘다. 적을 용서치 말 것이며, 항복한 적에게는 아량을 베풀라. 그리고 기만자들을 반드시 단죄하라. 그것이 짐과 백성, 조선을 지키는 일이며 나아가 국위와 명예를 드높이는 대업이다."

"황명을 받들겠습니다! 폐하!"

거수경례를 하며 이척의 명을 받들었다.

그로써 박정엽이 원정군 사령관이 되고 육해공군에 이르는 정예군이 그의 지휘를 받기 시작했다.

원정군이 편성된 지 하루가 지난 다음 날이었다.

지중해를 항해하던 1 기동 함대가 흑해로 가기 위해서 다르다넬스 해협과 보스포루스 해협을 지났다.

두 해협을 지날 때 터키 국민들이 크게 놀랐다.

특히 이스탄불의 보스포루스 해협을 지날 땐 해안가로 나온 모든 터키 국민들이 탄성을 터트렸다.

충무공이순신으로 불리는 대형 항공모함의 크기와 20척이 넘는 조선군 함대의 위용을 눈으로 확인했다. 그리고 해협을 통과한 1 기동 함대가 공격을 위해 소련 근해에 이르렀다. 수면 아래에서 장보고급 잠수함 2척이 돌아다니고 있었고 수상함들이 공격 대형을 펼치는 동안 계속해서 해저를 수색해 나갔다.

그리고 소련 잠수함을 발견하고 식별했다.

장보고함이 충무공이순신함으로 무전 보고를 전했다.

전투정보실에서 통신장이 크게 외쳤다.

"적 잠수함 발견! 방위 0—2—7, 거리 10입니다!"

"대잠유도탄으로 격침시켜라."

"예! 제독!"

이강이 명령을 내렸고 곧바로 대잠호위함이 호출되어 명령이 전해졌다. 한성급 호위함 3척 중 한 척이 대잠유도탄을 장전하고 북동쪽 방향으로 탄두를 조준했다.

나머지 두 척의 호위함은 만의 하나를 위해서 유도탄 장전 준비를 마친 뒤 대기 상태에 있었다.

잠시 후 한성함 함수에서 굉음이 크게 발생했다. 비스듬하게 조준되어 있던 유도탄이 연무를 뿌리면서 날아서 10킬로미터 거리에 위치한 해상으로 머리를 떨어트렸다. 낙하산이 펼쳐지면서 속도를 급격하게 떨어트렸다.

그리고 침수된 유도탄은 이내 낙하산을 분리시키고 어뢰로 변해 숨어 있던 소련 잠수함에게 달려갔다.

머리에 음향출력기를 쓴 음탐장이 바다 아래에서 일어나는 소리를 듣고 있었다. '쿵' 하는 소리와 함께 먼 폭발음을 들었고 이내 이강에게 잠수함이 격침된 사실을 보고했다.

보고를 받은 이강은 고개를 끄덕인 뒤 잠수함에 대한 경계를 절대 풀지 말라고 엄명을 내렸다.

그리고 대공 상황을 물었다.

"적기의 출현은 없는가?"

그가 물었던 시간이 적절했다.

"안 그래도 막 적기가 포착되었습니다. 방위 3—5—7, 거리 170입니다. 본 함대로 오고 있습니다."

"가장 가까운 적의 항공 부대가 출격한 모양이군. 적기의 수는 얼마나 되나?"

"40기 가량입니다."

"방공이 가능한 모든 수상함이 대공유도탄을 2발씩 발사한다. 지금 바로 명령을 전하라."

"예! 제독!"

대공유도탄 발사 명령을 내렸다.

곧바로 통신장을 통해 순양함과 구축함에게 유도탄 발사 명령이 전해졌다.

명령을 받은 방공수상함들은 일제히 함수에 탑재된 수직 유도탄 발사관을 열었다.

그리고 유도탄을 쏘아 올렸다.

핑음과 함께 다시 유도탄들이 발사되자 항공모함 갑판에서 그것을 지켜보고 있던 은상이 다시 마이크를 잡았다.

취재 영상을 찍으며 조선의 신무기를 세상에 알리기 시작했다.

"지금 막 유도탄이 발사된 것 같습니다! 우리 함대의 신무기인 유도탄은 적 전투기를 파괴하고, 대지를 공격할 수 있으며 바다 밑의 잠수함도 공격할 수 있습니다! 아, 방금 소식이 들어왔습니다! 조금 전에 발사된 유도탄으로 소련 잠수함을 격침시켰다고 합니다! 지금의 유도탄은 지평선 너머의 적 전투기를 향해서 날아가는 신궁4 유도탄이라고

216

합니다! 최고사정거리만도 170km에 이르는 대단한 신무기입니다. 아군 함대의 대공유도탄에 의해 적기들이 격추될 겁니다!"

연무 꼬리가 바다에서 하늘로 이어졌다.

북쪽으로 30발이 넘는 대공유도탄이 뻗어나갔다.

그야말로 장관이라 말할 수 있는 모습이었다.

남쪽으로 달리는 소련 전투기들을 향해 소리보다 빠르게 날아갔다.

그리고 하늘에서 불꽃을 수놓았다.

충무공이원회함의 전탐 화면에서 30여개에 이르는 불빛들이 사라졌다.

화면에 남아 있던 불빛들은 이리저리 어지럽게 움직이다가 왔던 방향으로 그대로 돌아갔다.

이강에게 보고가 전해졌다.

"적 비행대를 타격 했습니다! 30기 넘게 격추되었고 8기가 퇴각 중입니다."

"무엇 때문에 격추되었는지도 모르겠군. 후퇴한 적기는 상대하지 않는다. 경계를 철저히 펼치면서 할당된 좌표 함대지 유도탄을 발사한다."

"예. 제독."

하늘에 위치 추적을 가능하게 하는 조선의 인공위성이 있었다.

정찰이 가능한 관측위성을 통해 미리 함대지 유도탄으로 타격할 곳들을 추린 상태였다.

2000km 사정거리 이내의 적군 사령부와 발전소, 무기고, 탄약고 등이 표적이 됐다.

특히 상륙작전을 벌일 크림지역의 대공포 진지와 보급창고가 집중적으로 조준됐다.

좌표 할당이 끝나자 참모장이 이강에게 보고했다.

"좌표 설정이 끝났습니다. 제독."

김창수에 이강이 고개를 끄덕이면서 명령을 내렸다.

"대지유도탄을 발사하라."

"예! 제독!"

직후 발사 명령이 내려졌다.

다시 수직발사관에서 유도탄이 발사되고 연무가 꼬리를 물었다.

갑판 위에 있던 은상이 다시 촬영기 앞에 섰다.

"긴급 속보입니다! 지금 우리 해군 함대가 함대지 유도탄을 발사했습니다! 반복합니다! 함대지 유도탄을 발사했습니다! 적군 사령부를 향해서 우리 유도탄이 날아갑니다!"

세상의 모든 사람들이 영출기 앞에 있었다.

* * *

영국의 국왕인 조지 5세가 영출기를 통해서 조선이 전쟁을 치르는 모습을 지켜보고 있었다.

그리고 그의 곁에는 영국의 총리와 장관들이 있었다.

장관들이 경악한 가운데 조지 5세가 물었다.

"고려군은 대체 언제 함포를 사용하는가?"

"함포를 쓰지 않을 것 같습니다……."

"어째서?"

"방금 하늘로 솟구쳐 올랐던 것들이 소비에트군을 공격합니다. 고려군은 폭약이 실린 유도탄으로 2000킬로미터 거리를 공격할 수 있습니다……."

"폭약이 실린 유도탄… 그게 가능한 일인가……?"

"우리는 불가능하지만 고려는 가능할 것입니다."

이야기를 듣고 조지 5세의 얼굴이 심각해졌다.

총리인 맥도널드와 영국의 장관들은 수심 가득한 표정과 조선에 감탄한 표정을 동시에 보였다.

전 인류가 닿을 수 없는 세상에 조선이 있다는 것을 또 한 번 깨달았다.

"정말, 해가 지날수록 상상을 초월하는군… 우린 이제 항공모함을 보유하게 됐는데……."

바다에서 발사된 함대지 유도탄이 소련 북쪽 내륙으로 들어가서 대지를 두들겼다.

폭발이 일어날 때마다 발전소와 탄약고가 터졌다.

그 사실은 이내 해당지역을 지키는 지휘관에게 보고됐다.

'세묜 티모셴코'가 크림 지역과 흑해 북부 지역을 지키고 있었다.

그는 처세술로 스탈린에 대한 트로츠키의 숙청 기간에도 살아남은 군인이었다.

부대 시찰을 하고 지휘부로 돌아가던 때였다. 급보를 받고 크게 놀랐다.

"아군 탄약고가 폭발했다고?"

"예! 사령관님!"

"그것이 갑자기 왜 폭발해?! 책임자가 대체 누구야?!"

"폭격을 받았다고 합니다!"

"뭐라고……?"

"하늘에서 뭔가 날아와서 탄약고를 때렸다고 합니다! 탄약고뿐만 아니라, 발전소와 대공포 진지도 공격 받았다고 합니다!"

바다에서 500km 가까이 떨어진 내륙이었다.

참모장의 보고에 티모셴코가 황당함을 느꼈다.

그리고 유일한 피격 가능성을 거론했다.

"설마 적기인가?"

곧바로 부정됐다.

"아닙니다… 적기였다면 적기라 보고되었을 겁니다… 적기는 절대 아닙니다……!"

대답을 들은 직후였다.

하늘에서 굉음이 일어났고 참모장과 이야기를 하던 티모셴코가 두리번거렸다.

소리가 나는 방향으로 고개를 돌려 유심히 살피다 나무 사이로 스쳐 보이는 무언가가 빠르게 비행을 하면서 날아가는 것을 봤다.

순간, 그것이 원인이라는 생각이 들었다.

곧이어 사령부 방향에서 폭음이 크게 울려 퍼졌다.

아마도 그것이 폭발을 일으켰다고 생각했다.

차에 함께 타고 있던 통신장교가 보고했다.

"사령부와의 교신이 끊어졌습니다! 연락이 불가능합니다!"

"이게 대체……."

조선이 공격해온다는 것은 알고 있었다.

그래서 그들에 의해 공격받았을 것이라고 생각했다.

그러나 무엇에 의해 공격을 받았는지, 전황은 어떻게 돌아가는지 알 수 없는 지경에 이르렀다.

무엇보다 상급 부대에 대한 보고나 하급 부대에 대한 명령을 내릴 수 없었다.

무전 교신이 끊어지면서 인마로 구성된 전령을 쓸 수밖에 없었다.

그리고 지휘부가 파괴된 사실을 뒤늦게 알았다.

보고를 받고 의심하듯이 티모셴코가 물었다.

"사령부가… 파괴되었다고……?"

그의 물음에 전령이 울먹이면서 대답했다.

"지상에서 지하까지 전부 파괴되었습니다…! 사령부가 통째로 무너져 내렸습니다……!"

"맙소사……!"

상상치도 못한 전쟁이 펼쳐지고 있었다.

아직 조선군이 제대로 모습을 드러내기 전에 적군의 중추 지휘부가 궤멸적인 타격을 받고 있었다.

통신소까지 파괴되면서 상하 지휘체계까지 완전히 마비되었다.

이강에게 표적이 타격된 사실이 전해졌다.

"보고드립니다. 적 지휘부, 탄약고, 대공포 등의 표적이 완전히 파괴되었습니다."

"그러면 항공 전력으로 나머지를 정리하면 되겠군."

"예, 제독."

"항공모함 전대장에게 속히 함재기를 출격 시켜서 해안을 정리하라고 전하게."

"예."

함재기 출격을 이강이 명령했다.

참모장이 뒤에 서 있는 항공모함 전대장에게 지시를 전했고, 전대장은 즉시 비행편대장들에게 출격 명령을 내렸다.

1개 편대가 미리 출격해 대공 경계를 벌이고 있었다.

송골매 전투기 4기가 증기사출기에 앞바퀴를 걸고 주익을 크게 벌렸다.

각 기체 곁에 서서 팔을 높이 올린 가운데, 조종간을 잡은 편대장과 조종사들은 출격을 알리는 요원의 팔을 주시하면서 기관 최대 출력의 순간을 기다렸다.

이윽고 편대장과 조종사들에게 출격 명령이 떨어졌다.

요원들이 팔을 내리면서 신속히 앉았다.

사출기가 튕겨져 나감과 동시에, 기관 출력을 최대로 높인 전투기들이 급가속했다.

순식간에 항공모함에서 이탈하면서 공중을 날기 시작했다.

고도를 높이면서 속도를 계속 붙여갔고 금세 구름을 뚫고 하늘로 올라가 북쪽을 향해서 순항하기 시작했다.

이어 기체 상부에 방패 형태의 탐지기를 단 프로펠러 기체가 사출기 위에 걸렸다.

'흰올빼미'라 불리는 조기경보기가 마찬가지로 이륙했고 고공에 올라, 송골매가 향하는 하늘을 살피기 시작했다.

흰올빼미의 무전이 출격한 전투기들에게 닿았다.

—방위 3—4—7. 거리 150. 고도 6300. 적기 10기가 아군 함대로 이동 중이다.

—확인. 계속해서 위치를 전송해 달라.

—거리 140. 130. 120. 110.

—신궁2 공대공 유도탄 발사 준비.

—적기 이동 방향 계속 유지 중. 80. 70. 60.

—유도탄 발사.

—유도탄 발사 확인.

조기경보기가 찾아낸 적기들을 향해서 송골매 전투기들이 달려갔다.

기수에 탑재된 전탐기를 통해서 적기를 표적으로 지정하고 사정거리 50km에 이르는 신궁2 공대공 유도탄을 발사했다.

수증기와 뒤섞인 연무를 뿌리면서 강철 화살이 날아갔다.

그리고 비행장에서 재이륙한 소련 전투기들을 꿰뚫고 폭약을 터트렸다.

멀리서 붉은 점들이 번쩍였다.

흰올빼미의 무전 보고가 전해졌다.

—적기 전기 소실.

—격추 확인을 위해 해당 공역으로 진출하겠다.

—수신.

어차피 진격해야 할 하늘이었다.

송골매 전투기들이 주익을 뒤로 젖히면서 삼각형 형태를 만들었고 기관 출력을 최대로 높이면서 음속을 돌파하며 고깔 형태의 수증기를 만들었다.

그리고 적기가 있었던 하늘을 비행하면서 더 이상 적군의 항공기가 없는지 공역을 살피고 무전 보고를 전했다.

이어 충무공이순신함에서 연달아 전투기들이 출격하고 '의적'이라 불리는 항공기들이 사출기를 통해서 하늘로 솟구쳐 날아올랐다.

의적은 공격기라 불리는 함재기였다.

주익이 직선에 가깝게 뻗어서 송골매보다 작은 크기지만 항력이 높아 많은 폭탄과 유도탄을 탑재할 수 있었다.

그리고 오랫동안 멀리 날 수 있었다.

해안 뒤에 위치한 적군의 포대가 표적이었다.

적군의 머리 위로 이내 폭탄이 쏟아졌다.

폭발과 함께 장병들이 비명을 질렀다.

콰쾅!

"우왁!"

"대체 우리 항공대는 뭘 하고 있는 거야?!"

"폭탄이 떨어집니다! 중대장님!"

콰쾅!

"으악!"

공격기 한 기가 다른 나라의 어지간한 폭격기만큼의 폭탄을 탑재해서 투하했다.

그리고 저공비행을 벌이며 매우 정확하게 폭탄을 투하했다.

적군이 소총과 기관총으로 화망을 구성해도 공격기의 하부 장갑을 뚫을 수 없었다.

결국 상륙을 막기 위한 해안 포대가 불바다가 됐다.

포탄이 쌓여 있는 곳에 폭탄이 떨어졌고 유폭이 일어났다.

검은 연기가 피어오르면서 맹폭격을 벌인 공격기들이 유유히 빠져나갔다.

이후로 두번의 출격이 더 이뤄진 뒤 상륙지 부근의 해안 포대가 완전히 정리됐다.

정찰기를 통해서 최종적으로 확인하고 이강이 상륙전을 명령했다.

"지금부터 상륙 작전을 벌인다. 순양함과 구축함은 사전

포격을 벌이고, 포격이 끝나면 상륙함의 직승기로 강습 상
륙을 벌인다. 또한 공기부양정으로 전차를 상륙시킨다.
지금 바로 상륙함 전대장에게 명령을 전하라.”

“예, 제독!”

통신장이 무전으로 상륙전 개시를 알렸다.

직후 독도함과 병사봉함을 비롯한 상륙함에서 ‘황조롱
이’라 불리는 직승기들이 이륙하고 전차를 실은 공기부양
정이 함미에서 빠져나와 기동했다.

해병대 병력을 태운 직승기는 70여 킬로미터를 날아가
해안을 넘어 적 지휘부가 위치한 곳에 해병대 병력을 내렸
다.

강습을 벌인 해병대 장병들은 이미 폭격으로 초토화된
적 지휘부를 빠르게 접수하고 주위로 전선을 형성하기 시
작했다.

그 사이 공기부양정을 통해 기뢰로 채워진 연안을 지난
전차들이 해변에 상륙하고 신속히 기동했다.

폭격 속에서 살아남은 적군 병사가 그것을 보고 기겁했
다.

“고… 고… 고려군 전차다!”

“저런 식으로 전차를 상륙 시키다니!”

“포구가 이쪽으로 향하고 있어! 어서 피해!”

콰쾅!

“으악~!”

전차포 사격에 건물 더미들이 무너지면서 적군 장병들이

깔렸다.

해안에 상륙한 조선의 신형 전차가 육중한 기관음을 터트리며 빠르게 내륙으로 기동하기 시작했다.

단 하루 만에 세바스토폴에 위치한 적군 1개 군단이 무력화되었다.

조선군 해병대는 별다른 피해 없이 상륙 지점에서 교두보를 마련했다.

해군 지휘관인 이강으로부터 박정엽이 보고를 받았다.

그는 이스탄불로 와서 조선의 전군을 지휘하고 있었다.

터키 공화국이 조선군을 위해 영공과 영해, 영토를 열어주었다. 그것만으로도 충분했다.

"해병 1사단이 성공적으로 교두보를 마련했습니다. 내일 이스탄불에서 3기계화보병 사단이 출진합니다."

"사전배치 전단 덕분에 무장이 빠르군."

"예. 대장군. 수송기를 통해 아군 병력이 넘어오기만 하면 됩니다. 오늘 밤에 도착합니다."

지중해에 1개 기갑 여단 장비와 탄약, 물자가 실린 화물선이 떠다녔다.

그 화물선이 무려 3척이었고 소련 내전 개입이 결정되자마자 이스탄불로 향했다.

그리고 조선 육군 3기계화보병 사단 병력이 주둔지에 장비를 두고 수송기를 통해서 이스탄불로 오고 있었다.

밤에 도착하면 즉시 사전배치전단 함정들에 승함하고 곧바로 세바스토폴로 향할 예정이었다.

해병 1사단과 함께 북진을 벌이고자 했다.

진격로를 절대 하나만 둬서는 안 됐다.

무엇보다 트로츠키의 적군을 상대로 직접적으로 싸우는 반군과의 합류가 중요했다.

박정엽이 지도를 짚으며 원정군 참모장에게 지시를 전했다.

"사란스크를 공략하지. 이곳에 비행장이 위치해 있으니 말이야."

"비행장을 점령해서 수송기로 육군 2개 사단을 배치하는 것입니까?"

"그래. 그래서 주코프와 흐루쇼프의 반군이 미리 점령해 줘야 하네. 수송기로 장갑차와 전차, 병력을 실어 나를 수 있도록 말이야. 사란스크에 육군 2개 사단만 배치되면 반군과 힘을 합쳐서 한달 안으로 전쟁을 끝낼 수 있네. 지금 바로 특임대 사령관에게 연락하게."

"예. 대장군."

참모장이 박정엽의 지시를 받들었고 그는 이내 원정군 통신장을 통해서 탁현에게 연락했다.

원정군의 전략 구상을 들은 탁현은 이내 주코프에게 가서 사란스크를 점령해야 되는 사실을 알려줬다.

함께 이야기를 들은 흐루쇼프가 탁현에게 물었다.

"사란스크를 점령해야 한다고 말이오?"

"그렇소."

"어째서 사란스크를 점령해야 하오?"

"비행장이 있기 때문이오."

"비행장?"

"비행장을 점령하면, 우리 수송기와 전차와 장갑차, 자주포, 탄약, 그리고 병력과 함께 활주로에 내릴 거요. 때문에 반드시 사란스크를 점령해야 하오."

탁현의 대답을 듣고 흐루쇼프가 이해하면서 고개를 끄덕였다.

그리고 후방으로 물러난 주코프가 근심 가득한 표정을 지으면서 말했다.

"사란스크를 점령하라 명령을 내릴 순 있소. 하지만 지휘관으로 우리가 가진 불안 요소가 해결 되었으면 하오."

"어떤 요소를 말이오?"

"바로 제공권이오. 그리고 프룬제도 멍청하지 않는 이상, 사란스크를 지키려 할 거요. 그곳의 비행장을 지켜야 우리에게 폭격을 가할 수 있소. 아마도 적의 전차 부대가 있을 것이라고 생각하오."

주코프의 걱정을 듣고 탁현이 담담하게 말했다.

"그 부분은 우리가 해결해줄 수 있소. 마침, 크림 동쪽의 마리우폴과 비행장을 아군이 점령했다고 하오. 돌궐에 배치되어 있던 공군 비행단이 전진배치 될 것이라고 하니, 우리가 요청하면 사란스크까지 와서 제공권을 확보해줄 수 있소. 또한 공중지원을 받을 수 있소. 그러니 걱정하지 말고 진격 명령을 내리시오. 조선 특임대도 함께 할 것이오."

대답을 듣고 어느 정도 걱정이 사라지는 것을 주코프가 느꼈다.

고개를 끄덕이면서 참모들에게 곧바로 명령을 내렸다.

"정예 부대와 함께 사란스크로 진격한다. 반드시 비행장을 점령한다."

"예. 사령관님."

그로부터 나흘이 지나서였다. 카잔에서 출진한 주코프의 정예 반군이 사란스크 동쪽 평원에 도착했다.

하루만 더 행군하면 비행장에 도착할 수 있었다.

길을 따라 행군하면서 반군 장병들이 수시로 하늘을 올려다봤다.

"진격하는 동안 적 전투기에 의해서 공격받을 줄 알았는데……."

"듣기로 크림 지역에 고려군이 상륙했다고 들었어."

"나도 들었어."

"고려군이 상륙하는 바람에 적군의 항공대가 전부 투입됐나봐. 그래서 우리 쪽으로 정찰기가 오지도 못하고 하늘이 깨끗하지. 고려군이 우릴 살리고 있어."

"맞아."

조선군이 상륙했다는 이야기를 듣고 숨통이 트인 느낌을 받았다.

잠깐 휴식을 취했다가 다시 걸으려 했다.

그때 낙관하기가 무섭게 지평선 너머에서 벌떼 소리가 몰려오는 것을 들었다.

눈 좋은 장병들이 서쪽 하늘을 쳐다봤다가 소스라치게 놀랐다.

다급히 주코프에게 보고를 전했다.

"적기입니다! 적군의 전투기가 오고 있습니다!"

"확실한가?!"

"예! 사령관님!"

"하필, 이런 때에……!"

비행장에 거의 다 이르렀을 때였다.

주변의 지형이 개활지였고, 직접 반군을 이끌고 사란스크로 온 주코프가 당황했다.

곁에 있던 탁현과 특임대원들도 미간을 좁혔다.

"저놈들이 갑자기 왜 나타나?"

"남쪽으로 출격했던 전투기들이 돌아온 것 같습니다!"

"제발, 우릴 발견하지 말아야 하는데……!"

"발견할 수밖에 없습니다! 조금만 고도가 높아져도 우릴 충분히 발견할 수 있습니다! 이런, 몇 기가 우리에게 옵니다!"

"빌어먹을! 화망 준비해!"

"예! 대장님!"

김상옥이 탁현으로부터 지시를 받고 소총을 들었다.

달려오는 적군의 전투기를 향해 화망을 구성하려고 했다.

풀밭에 몸을 잔뜩 낮춘 반군 장병들은 전투기가 자신들의 머리 위로 폭탄을 떨어트리지 않길 간절히 소망했다.

그리고 적군 전투기의 기총 소사가 벌어졌다.

바닥에 총탄이 꽂히면서 2열로 선이 그어졌고 그곳에 있던 반군 병사들이 피를 흘리면서 쓰러졌다.

고도를 낮췄다가 높이는 전투기를 보면서 주코프의 반군은 몹시 두려워하며 우왕좌왕하기 시작했다.

그리고 기수를 돌린 전투기를 보고 경악했다.

주코프가 있는 곳으로 기수를 맞췄다. 탁현이 김상옥과 대원들에게 외쳤다.

"지금이다! 갈겨!"

쉬익!

콰!

"어……?"

위협적으로 날아오던 전투기가 갑자기 폭발했다.

순간적으로 전투기를 때린 빛줄기가 있었음을 기억했다.

직후 하늘에서 굉음이 일어났다.

쐐액~!

콰!

"으악!"

하늘이 찢어지고 코앞에서 낙뢰가 떨어지는 듯한 천둥소리가 일어났다.

너무나도 큰 소리에 반군 장병들이 손으로 귀를 막았다.

그리고 지평선을 따라 빠르게 선회하는 항공기를 발견했다.

232

그 항공기가 어떤 항공기인지 금세 알아봤다.

항공기 뒤로 소리가 따르는 것처럼 들렸다.

"고려군인가……?"

"고려군이다! 고려의 전투기야!"

"맙소사 저렇게 빨리 날다니!"

감탄하기가 무섭게 조선의 전투기로부터 무언가가 발사됐다.

그리고 소리보다 빠른 전투기보다도 빠르게 하늘에서 서성이는 적기에게 날아갔다.

그리고 폭음과 함께 적기를 산산조각 냈다.

불덩이와 철 파편에 아래로 떨어졌다.

그것을 보면서 반군이 두 손을 높이 들었다.

"방금 뭐야?!"

"와아!"

주코프와 흐루쇼프가 그것을 보고 어안이 벙벙했다.

크게 긴장했던 탁현이 여유를 찾으면서 두 사람에게 말했다.

"조선의 전투기요."

"저게 고려의 전투기라는 말이오……?"

"그렇소. 소리보다 빠르게 날고, 끝까지 쫓는 유도탄으로 적기를 격추시키오."

"맙소사……."

"이제 하늘은 안전하오."

들었던 말이 믿어지지 않았다.

갑자기 출현한 조선 공군의 전투기가 유도탄이라 불리는 무기로 소련 전투기들을 학살하고 있었다.

그리고 격이 다른 기동성능으로 꼬리를 물며 기총 소사로도 적기를 떨어트렸다.

그렇게 하늘을 정리하고 비행장 주변의 진지로 폭탄을 떨어트렸다.

제공 임무와 폭격 임무를 마친 전투기가 기수를 돌려서 남서쪽을 향해 돌아갔다.

특임대와 반군이 가슴을 쓸어내렸고, 그때 남쪽에서 큰 항공기가 나타난 것을 발견했다.

저공으로 비행하는 여객기를 보면서 흐루쇼프가 황당한 표정을 지었다.

"고려의 여객기가 이곳에 어째서……?"

그의 반응을 보고 탁현이 피식하면서 웃었다.

"조선의 주작 폭격기요."

"주작 폭격기라고……?"

"그렇소. 우리 폭격기는 여객기에 쓰이는 기술을 써서 사람 대신 많은 양의 폭탄을 탑재하고 투하하오. 조만간 폭격을 벌일 것이오."

서쪽의 적지로 향해서 날아가는 폭격기를 가리키면서 말했다.

멀리서 봤을 땐 그저 여객기처럼 보였지만, 그 안에는 흉악한 폭탄이 가득 실려서 대지를 불바다로 만들 수 있었다.

흐루쇼프와 주코프가 조선의 폭격기가 어떻게 싸우는지를 지켜봤다.

이윽고 폭격기 아래에서 먼지가 쏟아지듯이 폭탄이 떨어졌고 대지가 깨지는 소리가 크게 일어났다.

폭발과 함께 폭격기가 지나간 땅 위에서 검은 연기들이 올라왔다.

탁현에게 무전 교신이 이뤄졌다.

―특임대, 특임대. 당소, 주작 2호.

"당소 특임대, 송신."

―당소 폭격으로 적 전차 부대 섬멸하였다고 통보.

"수신."

통역대원을 통해서 탁현이 주코프에게 말했다.

"조금 전의 폭격으로 사란스크 남쪽의 적 전차 부대를 섬멸했다고 하오. 따라서 진격 명령을 내리면 되오."

믿어지지가 않아서 눈을 껌뻑였다.

이에 탁현이 한번 더 이야기하자 그제야 정신을 차리면서 고개를 끄덕였다.

즉시 전 군에 명령을 내렸다.

"사란스크와 비행장을 점령한다!"

"예! 사령관님!"

호기를 절대 놓치지 않았다. 진격 명령이 떨어지면서 다시 반군이 움직이기 시작했고 수시로 조선의 공군 전투기들이 날아와서 하늘을 지키고 지상에 화력지원을 더했다.

'멧돼지'라 불리는 공군 소속의 공격기도 날아와서 육중

한 기관포음을 내고 무유도탄을 쏘면서 하늘에 굉음을 냈다.

그렇게 사란스크에 반군이 진입하고 살아남아서 숨었던 적군과 교전을 치렀다.

사란스크와 인근에 위치한 비행장을 점령하고, 행여 조선의 수송기를 위협하는 적들은 없는지 사방 20여 킬로미터까지 철저히 수색했다.

그리고 '은하수'라 불리는 조선의 대형 수송기가 며칠 뒤 사란스크 비행장에 착륙했다.

착륙한 수송기의 기수가 열리고 안에서 전차가 궤도를 굴리면서 모습을 드러내자 그것을 보고 있던 반군이 '우라'라 외치며 만세를 외쳤다.

반군에 세상에서 가장 강한 전차 전력이 더해졌다.

"이제 우리도 전차와 함께 싸우는구나!"

"다른 나라 전차가 아냐! 고려의 전차라고! 세계 최강의 전차가 우리와 함께 싸워!"

"그런데 고려 전차가 원래 저렇게 생겼나……?"

사진으로 봤던 조선의 전차를 떠올렸다.

그런데 그와 다른 형태를 보고 반군 장병들이 의아했다.

그것은 주코프에게도 마찬가지였다. 그가 탁현에게 물었다.

"혹시 고려의 신형 전차요?"

탁현이 고개를 끄덕였다.

"그렇소."

"고려군에 배치된지 얼마 안 된 모양이군."

"2년 정도 되었소. 아국의 최신 기술이 아낌없이 투입된 전차요. 세상의 모든 전차를 격파할 수 있고, 모든 전차의 전차포를 막을 수 있소. 심지어 야간에도 대낮처럼 싸울 수 있소. 그러니 크게 도움될 거요."

밤에 낮과 같이 싸울 수 있다는 것이 인상적이었다.

주코프는 특임대의 장비 중 몇 개를 체험해 야간투시경이 어떤 것인지를 알고 있었다.

그것을 쓰면 어두운 밤도 낮처럼 볼 수 있었다.

다만 은폐우의는 극비 사항이라 존재한다는 것조차 모르고 있었다.

조선군에 놀라운 기술들이 쓰인다는 것을 알았다.

그리고 수송기가 연달아 이착륙을 벌이면서, 1개 기갑사단과 1개 기계화보병사단이 사란스크에 배치됐다.

근위 1사단과 6기계화보병사단을 지휘하는 사단장들이 주코프에게 경례했다.

두 사람은 신태호와 김좌진이었고 그들과 함께 사란스크로 온 육군 사령관이 주코프와 악수했다.

그의 이름은 안중근이었다.

"원정군 육군 사령관 안중근 대장이오. 이제부터 장군의 군대를 도와 모스크바로 향할 것이오. 함께 싸울 수 있어서 영광이오."

"나야말로 영광이오. 우리 인민은 고려의 선의와 진리를 절대 잊지 않을 거요. 그리고 고맙소."

인사를 하고 함께 싸우기로 결의를 세웠다.

조선의 육군과 공군이 모두 배치되고 흑해에서는 계속해서 해군의 유도탄 지원과 함재기 지원이 이뤄졌다.

내륙으로 이동한 김은상이 야간 전투를 취재했다.

"현재 시각은 오전 4시입니다! 짙은 어둠이 세상에 깔려야 하지만, 현재 우리 군과 공정한 자유 러시아로 칭해지는 소련 반군의 작전으로 불길이 치솟은 상태입니다! 우리 군은 야간투시경을 비롯한 최신 장비로 무적에 가깝게 소련 적군을 섬멸하고 있습니다!"

어깨 뒤에서 총성과 포성이 계속 울려 퍼지고 있었고, 하늘에서 굉음이 일어나면서 조선의 전투기가 공중 지원을 벌이고 있었다.

그리고 폭발과 함께 도시 사이에서 화염이 솟구쳐 올랐다.

세상 사람들은 조선이 작정하면 세계 통일을 이룰 수 있다고 생각했다.

"정말 비교가 안 되는군……."

"고려의 몇 개 안 되는 부대만 참여한 거잖아. 그런데 야간에 저렇게 싸우면 어떻게 상대하라는 거야?"

"육군이 싸우면서 전투기들이 쉴 새 없이 폭탄으로 때리고 있어. 지난 전쟁에서 고려군을 상대할 때도 놀랐는데, 이제는 아예 아득해졌어. 또 얼마나 많은 신무기들을 숨겨 놨는지 알 수가 없어……."

"고려에게 절대 맞서 싸우면 안 돼. 그들과 함께 미래를 구상해야 돼. 소비에트는 그렇게 하지 않은 대가를 치르는 거야."

"맞아."

영출기 앞에 모인 독일인들이 서로 이야기했다.

특히 대전 기간에 군인이었던 사람들은 조선군과 전투를 벌였던 순간을 기억하면서 그때의 전력을 크게 뛰어넘은 조선군을 보면서 충격을 받았다.

조선군과 반군이 쾌속 진격을 벌여 나갔다.

모스크바의 트로츠키에게 소식이 전해졌다.

"우리 혁명군이… 계속 패하고 있다고……?"

"예! 주석 동지……!"

"어떻게 해야… 놈들을 막을 수 있나…? 어떻게 해야… 반군을 돕는 고려 놈들을 패퇴시킬 수 있나…? 그놈들만 없으면 문제가 없는 것을!"

"막을 수 있는 방법이 전혀 없습니다… 놈들의 전차 부대와 항공 부대… 어느 것 하나도 우리가 이길 수 없습니다… 이미 소비에트의 하늘을 놈들이 가져갔습니다……."

보고를 받고 트로츠키가 부들부들 떨었다. 그리고 이를 갈다가 프룬제에게 크게 소리쳤다.

"그래도 놈들을 이겨야 한다! 그렇지 않으면 우리의 모든 것이!"

콰쾅!

"뭐… 뭐야…? 방금의 소리는……?"

창문이 흔들릴 정도로 폭음이 크게 울려 퍼졌다.

트로츠키가 놀라서 자리에서 벌떡 일어났고 창문 밖의 상황을 살피기 시작했다.

멀리 검은 연기가 피어오르는 것을 봤다.

그리고 하늘에 굉음이 울려 퍼지는 것을 들었다.

다시 폭발이 크게 일어났다.

쾅!

"헉?!"

폭발에 이어 먼 하늘을 빠르게 돌아나가는 항공기를 봤다.

그때 트로츠키의 비서가 집무실로 급히 들어와서 보고했다.

"주석 동지!"

"뭔가?! 방금의 소리는?!"

"고려군입니다!"

"뭣이?!"

"고려의 항공 부대가 모스크바를 폭격하고 있습니다! 군사평의회 건물이 무너졌습니다!"

보고를 듣고 얼굴이 사색이 되었다.

프룬제는 트로츠키에게 대면 보고를 한 이유로 살아남게 되었고 그를 제외한 군사평의회 위원들과 참모들은 건물 잔해에 깔려서 숨졌다.

그들의 생명과 신념에 파멸이라는 운명이 다가오고 있었다.

더 이상 하늘의 뜻을 막을 수 없었다.

무엇을 위해서 살 것인가

　외부대신인 이상설이 총리 집무실로 들어왔다. 집무실에 만민의회의 의장인 김인석과 안보실장인 유성혁이 있었다.

　그는 총리인 장성호에게 인사한 뒤 외부에 들어온 소식들을 대면보고 했다.

　세상이 조선에 힘을 실어주고 있었다.

　"영길리와 불란서, 미리견이 지지를 표했고 중화민국과 일본, 초나라 등이 구호품을 포함한 물자지원의 뜻을 전해 왔습니다. 만국이 우리와 함께 하겠다고 합니다."

　"감사의 뜻을 전하고, 구호품 지원은 공정한 자유 러시아군에게 해달라고 알려주십시오. 이번 전쟁의 주체는 우리가 아니라, 공정함을 요구하는 소련의 인민입니다. 그들이 주도해야 됩니다."

"예. 총리대신."

"자유 러시아와 외교 관계를 구축하십시오."

"알겠습니다."

지시를 받고 장성호에게 인사했다. 그리고 이상설이 나가자 김인석이 입을 열었다.

대의를 위해서 많은 것을 포기해야 했다.

"보통 누군가를 도우면 감사의 선물이라도 받게 되는데 이번만큼은 포기해야겠군. 받게 되면 우리의 진의가 왜곡될 수 있으니 말이야."

"광산이나 무역에 관한 이권 같은 것을 얻게 되면, 결국 우리의 국익을 위해 이번 일을 일으킨 것으로 역사에 남게 됩니다. 우리는 이번 전쟁에서 철저히 손해를 봐야 하고, 그래야 공정함을 위한 위대한 혁명으로 남을 수 있습니다. 내가 넘어졌다고 다른 사람마저 넘어뜨리는 것이 아닌 스스로 일어나는 공정함의 진리를 역사와 미래에 새길 겁니다."

100년 뒤, 그리고 200년 뒤, 300년 뒤의 세상을 꿈꿨다.

그 세상을 살아생전에 볼 수 없겠지만 적어도 인류 후손들이 시기와 질투에서 자유로워지며 공정과 배려가 가져다주는 풍요를 누릴 수 있기를 바랐다.

그것을 위해 당장에 얻을 수 있는 국익을 포기했다.

오직 대의와 선의로 공정함을 갈망하는 소련 인민들을 돕고자 했다.

장성호가 군부대신인 이응천을 불러서 당부했다.

"우리 군이 먼저 모스크바에 진입해서는 안 될 것입니다. 이를 다시 대장군에게 전해주십시오."

"예. 총리대신."

군부를 통해 박정엽에게 당부가 전해졌다.

원정군 총사령관인 박정엽은 안중근에게 다시 지시를 내려서 절대 반군보다 먼저 모스크바에 입성하지 못하도록 만들었다.

계속해서 공군 전투기들이 하늘을 비행했다.

마리우폴에 배치된 검독수리 전투기들은 1500km가 넘는 작전반경을 자랑하며 모스크바의 하늘을 자유롭게 드나들었다.

그리고 차량이 보일 때마다 기총 소사를 벌이고 폭탄을 투하했다.

심지어 '뇌우'라 불리는 단거리 대지유도탄까지 발사하면서 차에 탄 누군가가 모스크바를 벗어나지 못하도록 막았다.

죽음을 각오하지 않는 이상 절대 차에 탑승할 수 없었다.

그렇게 모스크바로 주코프의 반군이 몰려들었다.

도시를 점령할 때마다 세를 불렸고, 이제는 적군에서 돌아선 나머지 부대들도 힘을 더하면서 그 수만도 20만명에 이르렀다.

 T—26 전차로 무장한 일부 부대마저도 주코프의 군대로 돌아서면서 트로츠키에게 비수를 겨눴다.

 마지막 전투를 앞두고 자유 러시아군 막사에 주코프와 흐루쇼프, 안중근과 탁현이 모였다.

 그리고 한 사람이 지휘부에 도착해 막사로 들어오자 안중근과 탁현이 경례했고 주코프와 흐루쇼프가 앞으로 손을 내밀었다.

 박정엽이 악수와 함께 인사했다. 그리고 자유 러시아군 지휘부에 합류했다.

 그들과 함께 원정군을 지휘하기 시작했다.

 "모스크바 입성은 자유 아라사군이 되어야 하오. 우리 군이 먼저 모스크바에 진입하면 침략으로 비춰질 수 있소. 그렇게 되면 여태까지의 고생이 허사가 되오."

 주코프의 군대가 선봉이 되어야 한다는 뜻을 알려줬다.

 박정엽의 주장에 흐루쇼프가 물었다.

 "그래서 고려의 전차 부대를 빠르게 투입시키지 않은 것이오?"

 "그렇소."

 "만약 트로츠키를 놓치게 되면 어찌 되는 거요? 그자를 놓치게 되면……."

 "지금은 그것이 중요하지 않소. 어차피 이 세상에 있으면 이 세상 사람들, 혹은 아라사 인민이 붙잡아줄 거요. 중요한 것은 그것보다 큰 대의를 지키는 것이오. 우리 공군

246

전력이 도와줄 것이니 모스크바로 먼저 진입하시오. 이어 우리 육군도 진격할 거요."

대답을 듣고 주코프와 함께 고개를 끄덕였다.

격렬한 교전을 치르더라도 자유 러시아군이 먼저 모스크바로 입성해야 했다.

각 부대로 진격 명령을 내렸고 승리에 대한 확신으로 가득 찬 장병들이 모스크바를 향해 행군을 벌였다.

1932년을 지나 1933년 봄이었다.

오랜 격전 끝에 공산당에 반기를 든 군사들이 드디어 외곽부에 입성했다.

조선군에서 공여해준 무전기를 통해서 보고가 이뤄졌다.

—여기는 선봉 부대! 모스크바에 진입했습니다! 현재 공산당 전당으로 진격 중!

자유 러시아군 참모장이 주코프에게 보고했고 박정엽이 함께 듣고 안중근에게 명령을 내렸다.

기만자들의 마지막 숨통을 끊을 순간이었다.

"아라사군이 모스크바에 진입했네. 이제 우리도 진격하세."

"예! 대장군!"

조선의 신형 전차인 '흑표' 전차가 기관음을 터트렸다. 21세기에 개발됐던 'K2' 전차가 아닌 1988년에 배치되었던 'K1' 전차를 본따 만들어진 전차였다.

그것은 105mm 구경의 전차포가 아닌 120mm 44구경장의 활강포를 탑재하고 있었다.

안중근이 지휘부에서 나가 신태호와 김좌진과 함께 전차에 탑승했다.

그리고 진격 명령을 내렸다.

미리 탁현과 특임대 대원들이 자유 러시아군과 함께 모스크바에 진입해 있었다.

함께 행군을 벌이면서 거리를 돌아봤다. 익숙한 거리가 눈에 보였다.

그러나 조용했다.

"본래 이렇게 조용했습니까? 대장님?"

"그렇지는 않았지."

"아무래도 전투가 벌어질까봐 사람들이 전부 건물 안에 있는 것 같습니다."

"그러면 다행이고. 어찌되었건 적지에 있으니 잡담은 그만하고 경계를 철저히 해. 아라사군만 믿지 말고 말이야."

"예. 대장님."

승리가 목전에 이르러 긴장이 풀리기는 대원들도 마찬가지였다.

김상옥이 나석주에게 주위를 경계하라고 말하면서 긴장을 일깨웠다.

그리고 대원들과 함께 건물의 창문을 주시하면서 행여 적 저격수가 있지는 않은지 단단히 살폈다.

기술자들이 거주하는 연립 주택가를 지날 때였다. 나석주가 고개를 들고 고층의 창문을 보고 있을 때 문이 열

248

렸다.

급히 주위 사람들에게 크게 외쳤다.

"창문이 열렸다! 엄폐!"

작전을 위해 배운 러시아 말로 소리쳤다. 주위에 있던 자유 러시아군이 몸을 낮추고 대원들도 몸을 낮추면서 열린 창문으로 소총을 조준했다.

그때 노부부가 얼굴을 보이면서 모습을 드러냈다. 대원들과 장병들을 쳐다봤다가 잠시 안으로 들어가서 자취를 감췄다.

그리고 다시 얼굴을 내밀고 무언가를 펼쳐서 보여줬다.

그것은 러시아 제국을 상징하는 깃발이었다.

평등을 위한다는 명분으로 공산주의를 내세운 볼셰비키가 혁명을 일으키기 전에 쓰였던 국기였다.

그것을 보고 장병들이 환하게 웃었다.

노부부가 창문 밖으로 팔을 번쩍 들면서 크게 외쳤다.

"러시아 우라!"

만세 소리를 듣고 장병들도 따라 크게 외쳤다.

"러시아 우라!"

"와아아아아~!"

함성이 크게 울려 퍼졌다.

모스크바에서 공산당의 폭정을 견뎌왔던 사람들이 러시아를 부르짖으면서 눈물을 흘렸다. 그리고 기뻐했다.

모스크바 시민들이 안으로 진격해온 자유 러시아군을 크게 환영했다.

창문 밖으로 팔을 내민 아이들이 손을 흔들었다. 장병들과 대원들도 손을 흔들었다.

시가지 깊숙한 곳으로 향했고 거기서도 장병들이 환영받았다.

그때 이상한 행동을 보이는 사람이 있었다.

5층 정도 되는 건물의 상층에서 창문 밖으로 팔을 뻗으면서 무언가를 가리키고 있었다. 그리고 장병들에게 크게 외쳤다.

"어서 피해!"

그 말의 의미를 장병들이 이해하지 못했다. 김상옥과 대원들은 러시아말을 제대로 몰라서 알아듣지 못했다.

그때 하늘에서 포탄을 떨어지는 소리가 났다.

"음?!"

"포… 포격이다! 피해!"

쾅!

"우왁!"

도로 복판으로 포탄이 떨어졌다.

김상옥이 몸을 날리면서 박격포탄의 살상범위에서 벗어났다.

긴장을 놓고 있던 자유 러시아군의 병사 두명은 포격에 휩쓸리며 주변으로 튕겨 나갔다.

한명은 끊어진 다리를 붙잡고 비명을 질렀다. 다른 한명은 즉사하며 형체를 알아보기 힘들 정도가 되었다.

그때 먼 포성 소리가 연속으로 울려 퍼졌다.

"놈들이 포탄을 쏜다!"

"박격포야! 도로에서 벗어나라!"

"엄폐! 엄폐!"

승전의 분위기를 즐기다가 삽시간에 생지옥으로 변했다.

벽에 몸을 붙인 장병들이 기다시피 했고, 대원들은 가까운 골목으로 들어가서 건물의 벽을 엄폐물로 삼았다. 그리고 전우들을 구하고자 했다.

"안 되겠다. 은폐우의를 착용해."

"여기서 말입니까?"

"그래! 은폐해서 박격포탄을 쏘아 날리는 적군을 처리한다! 아마도 포대 주위에 경계를 벌이는 적군이 있을 거다!"

"공격 직승기를 기다리는 것이 낫지 않겠습니까?"

"그 사이에 몇 명은 더 죽을 거야! 우리가 해야 해! 지금부터 아라사군 과는 따로 움직인다!"

자유 러시아군을 위협하는 요소들을 찾아내 타격하고자 했다.

은폐우의를 신속히 착용해서 골목을 통해서 포성이 울려 퍼졌던 곳으로 향했다.

골목 사이로 움직이다가 큰 도로 두개를 건너고 교차로에 이르렀다.

그리고 방어진지를 구축한 적군을 보게 됐다. 그 수는 1개 중대였다.

―역시 놈들이 있었어.

―수가 많습니다.

―박격포 근처에 포탄이 쌓여 있을 테니 그곳에다가 총류탄을 쏘아서 날려. 그러면 주변 적군이 휩쓸릴 거야. 왼쪽 건물의 옥상으로 향한다.

―예. 대장님.

도로 중앙에서 아지랑이가 움직였다. 그것을 적군 장병들은 절대 알아볼 수 없었다.

김상옥과 대원들이 적군이 있는 곧 왼편 건물 옥상으로 올라갔다. 그리고 박격포탄이 쌓인 곳을 확인하고 총류탄 발사기가 달린 소총으로 조준한 뒤 장전 된 총류탄을 발사했다.

'퉁!' 하는 소리와 함께 포탄 근처에서 폭발이 일어났다.

유폭이 일어나면서 주위 적군이 휩쓸렸고, 근처에 있던 박격포탄은 완전히 파괴되었다.

적군의 시신으로 채워져서 피바다가 되었다. 포성과 폭음을 듣고 달려온 러시아군이 적군을 발견하고 총을 발사했다.

진지에 위치해 있던 적군을 압도하고 있었다.

"인민을 괴롭힌 놈들을 처단하라! 돌격!"

"와아아아~!"

러시아군의 진격에 놀란 적군이 도망치기 시작했다.

그때 쇳소리와 기관음이 함께 울려 퍼지는 것을 들었다. 교차로로 전차 한 대가 들어오고 있었다.

"T—26입니다."

"아군이야, 적군이야. 뭐야?"

"도망가던 적군이 멈췄습니다."

"그러면 적군이군!"

피아가 구분되기가 무섭게 적군의 전차가 불을 뿜기 시작했다. 도로를 통해 돌격하던 러시아 장병들이 적 전차의 기관포탄을 맞고 무더기로 쓰러졌다.

그야말로 추풍낙엽이 따로 없었다.

적 전차가 움직이기 시작하자 돌격을 벌였던 병사들이 절망에 빠졌다. 뒤쪽에서는 다급히 후퇴했고 앞에서는 올 수도 갈 수도 없는 상태에 이르렀다.

그런 상황에서 적 전차의 기관포가 남아 있던 장병들에게 포탄을 퍼부었다. 몸을 잔뜩 낮추고 있던 러시아 병사들이 괴로워했다.

그때 다시 쇳소리가 들렸다.

"흑표 전차입니다! 아군 전차가 모스크바에 진입했습니다!"

나석주가 손가락으로 가리키면서 다가오는 전차를 가리켰다. 그것을 보고 김상옥이 자유 러시아군을 구하기 위해서 무전망을 열었다. 안에서 흑표 전차의 전차장 목소리가 울려 퍼졌다.

"건물 모서리에서 꺾으면 적 전차가 있다."

─몇 대인가?

"한 대다. 하지만 보병에게는 치명적이다."

―거리를 알려주기 바란다.

"모서리를 돌아서면 바로 있다. 영 거리다. 빨리 격파시켜주기 바란다. 아라사군이 위험하다."

―확인.

적 전차의 위치를 전차장에게 알려주면서 급박한 상황이라는 것을 알렸다.

그리고 흑표 전차가 조금 움직이다가 멈췄다. 그것을 보고 나석주가 어리둥절했다.

'어째서 저기서 멈추는 거야?'

전차포가 벽으로 조준됐고 그것을 본 모든 사람들이 의아함을 느꼈다.

그 순간 포성이 일어나면서 건물 벽이 깨져버렸다.

잔해가 무너지면서 흙먼지가 주변으로 흩어졌다.

동시에 사각 지대에 있던 적 전차가 들썩였고 그 뒤에 있던 건물 벽에서 파열이 일어났다.

텅스텐이라 불리는 중석으로 만들어진 전차포탄이 건물 벽과 적 전차의 앞 뒤 장갑을 그대로 관통했다.

그것을 보고 러시아 장병들이 경악했다.

건물 벽에 생긴 구멍으로 적 전차가 노출된 가운데 흑표 전차에서 대전차고포탄이 장전되고 다시 포성이 일었다.

포탄이 발포됐다. '쾅!'하는 소리가 일어났다.

진격하던 러시아군을 궁지에 몰던 전차가 단번에 격파되고 '우라'라는 외침이 울려 퍼졌다.

자유 러시아군이 조선군의 전차를 찬양했다.

254

"전차포로 벽을 관통시켜서 T—26를 잡다니!"

"상상도 못할 정도로 강해!"

"고려군이야말로 우리들의 수호신이야!"

"와아아아~!"

사기가 크게 오르면서 자유 러시아군의 함성이 자연스럽게 터져 나왔다.

옥상의 김상옥과 나석주는 전차를 지휘하는 전차장이 유능한 장교라고 생각했다.

김상옥이 다시 무전 교신을 취했다.

"적군은 도주 중이다."

—수신. 귀소 소속 부대 알림 바람.

"당소, 특임대다."

—확인. 당소, 원정군 육군 사령관이다. 귀소가 당소의 눈이 되어 달라.

"수…수신."

—수고 대기.

"대기……."

교신을 대기 상태로 두고 소름이 돋는 것을 느꼈다.

김상옥과 대원들이 서로의 얼굴을 보면서 기막힌 표정을 지었다. 그리고 웃으면서 옥상에서 벗어났다.

안중근이 직접 전차장이 되어 조선군의 선봉이 되어 있었다.

그와 신태호, 김좌진을 비롯한 기갑 기계화 부대 장성들은 하나같이 전차를 몰면서 모스크바 시가지를 누비고 있었다.

그들은 자유 러시아군과 함께 크렘린을 향해서 포위망을 좁혀갔다.

산발적으로 교전이 벌어지면서 그 전과는 언제나 적군의 패배로 끝이 났다.

건물 고층에서 저격을 벌이는 적군 병사도 있었지만 '살모사'라 불리는 공격 직승기까지 전력에 더해지면서 기관포탄을 맞고 숨졌다.

사상에 모든 것을 건 자들이 무너지고 있었고 더 이상 크렘린으로 향하는 러시아군과 조선군을 막을 수 없었다.

무기를 버리고 투항하는 방법 밖에 없었다.

"손들고 뒤돌아 서! 허튼짓을 벌이면 머리에 바람구멍이 날 줄 알아!"

소총을 든 러시아 병사가 크게 소리쳤다. 그의 외침에 살아남길 원하는 적군 장병들이 포로가 되면서 벌벌 떨었다.

시키는 대로 손을 들었고 이내 통제를 따라 움직이면서 압송됐다.

자유 러시아군이 크렘린을 포위해 안으로 진입했다.

전의를 상실한 적군은 금세 무기를 버리면서 투항했다. 그리고 주석 집무실까지 길을 열어줬다.

집무실에 트로츠키와 프룬제, 치체린 등이 함께 있었다.

프룬제가 무거운 음성으로 트로츠키에게 말했다.

"반동이 오고 있습니다. 피하셔야 됩니다……."

트로츠키가 콧가를 실룩이면서 말했다.

"절대 피하지 않을 것이오……!"

"주석 동지를 반동 놈들이 해 할 것입니다."

"그럴 지도 모르지…! 허나, 나는 평등과 공산주의의 씨앗을 남기기 위해, 온 힘을 다해서 말할 것이오! 그것을 위해서 자결의 뜻조차 거둬들였소!"

그의 손에 쥐어졌던 권총이 책상 위에 놓여 있었다. 자결을 고민했던 트로츠키는 마지막까지 살아남고자 했고 반란을 일으킨 자들에 의해서 험한 꼴을 당하더라도 그들에게 평등함의 진리를 외치려고 했다.

죽을 운명이 되었다는 것을 깨닫게 된 순간, 생사와 명예에 관한 생각을 제쳐두고 오직 평등함을 이루려고 했다.

그러나 그를 제외한 나머지 사람들은 더 이상 자신의 인생을 사상에 가두려고 하지 않았다.

불명예를 만회하기 위한 유일한 방법을 택했다.

트로츠키를 보좌했던 치체린이 말했다.

"정말, 마지막까지 인류의 평등을 생각하시는 것 같습니다. 도중에 흔들리는 모습을 보이기도 했지만 말입니다. 어떻게 될지 이제 알겠지만, 그래도 건투를 빌겠습니다. 주석 동지에게 행운이 있기를 빌겠습니다."

집무실에서 총성이 울려 퍼졌다.

총성이 울려 퍼진 직후에 주코프를 따르는 러시아 장병들이 집무실 안으로 들이닥쳤다. 그리고 살아남은 사람들을 체포했다.

지휘부에서 소식을 기다리는 주코프에게 보고가 전해

졌다.

"보… 보고 드립니다! 크렘린으로 진입한 부대가 트로츠키 인민평의회 주석을 사로잡았다 합니다!"

"사실인가?!"

"예! 사령관님!"

"프룬제와 공산당 위원들은?!"

"목숨을 끊었다 합니다……!"

"뭣이……?!

"인민평의회 주석을 제외하고 군사평의회 주석과 나머지 위원들이 목숨을 끊었다 합니다!"

트로츠키만 남고 다른 이들은 모두 죽었다는 사실에 황당함을 느꼈다. 그런 주코프에게 함께 보고를 들은 흐루쇼프가 말했다.

"아무래도 영상 증거가 많기에 책임을 피할 수 없다고 생각한 것 같소."

"책임을 피할 수 없다고 생각해서 말이오?"

"그렇소."

"그렇다면 트로츠키는 어째서 스스로 목숨을 끊지 않는 거요?"

유일하게 살아남은 트로츠키에 대해서 주코프가 물었다. 흐루쇼프는 트로츠키의 입장을 상상하면서 알려줬다.

"자신의 이상을 다른 이에게 전파하기 위해서가 아니겠소? 우리가 영상으로 봤던 그라면 말이오. 그는 아직 포기하지 않았소."

이야기를 듣고 주코프가 질린 표정을 지었다.

"마지막까지도 자신의 생각을 고치지 않다니……."

"자신이 틀리지 않았다고 믿는 것이오."

"그러니 더 화가 나오. 그놈의 평등과 공산주의 때문에 인민이 핍박 받고 우리의 모든 것이 무너졌는데 말이오. 그 책임을 물어도 놈은 인정하지 않을 것이고, 죽여도 뉘우치지 않고 죽을 것이 아니요? 앞에 있다면 이미 주먹을 날려도 날렸을 거요."

기막힌 표정을 지으면서 분통을 터트렸다.

그럼에도 전쟁에서는 승리했기에 더없는 기쁨과 만족을 누렸다.

흐루쇼프가 주코프에게 말했다.

"어찌되었건 전쟁은 끝났고, 공산당이 무너진 사실을 알려야 하오. 장병들에게 전하시오. 그리고 투항하지 않은 마지막 적군을 항복 시키는 거요. 이제 우리 조국을 새롭게 세워야 하오."

고개를 끄덕이면서 주코프가 지시를 내렸다.

모스크바에서 '우라'라는 소리가 울려 퍼졌고 전쟁이 끝난 사실을 사람들이 알게 됐다.

자유 러시아군 장병들이 서로를 부둥켜안고 환호성을 질렀다.

"우리가 이겼어!"

"드디어 거짓말을 일삼던 놈들을 깨부쉈어!"

"다시 러시아를 세우고 공정한 나라로 만드는 거야!"

"그래!"

"우라~!"

"와아아아~!"

전차 상부로 몸을 내민 안중근이 흐뭇한 미소를 지으면서 역사의 현장을 지켜봤다.

촬영기 앞에 선 김은상이 공산당의 몰락과 트로츠키의 생포 사실을 알렸고 사람들은 공정함이 평등함을 이겼다고 생각했다.

그것만이 인류가 걸을 유일한 길이라고 확신했다.

뉴스에서 모스크바의 소식이 끊이질 않았다. 남아 있던 적군이 마저 투항을 하면서 소련 전체를 자유 러시아군이 거의 장악하게 됐다.

그로써 기자들의 안전히 확보되었고 미국과 영국, 프랑스 등의 기자들이 모스크바로 향해 취재를 벌이기 시작했다.

성한이 가족들과 함께 영출기를 시청하고 있었다.

"이제 공산주의가 다시 일어날 일이 없겠어. 그것이 얼마나 위선적이고, 불가능한 이상인지 말이야."

지연의 이야기를 듣고 성한이 말했다.

"아직 불씨는 남아 있어."

"어째서?"

"승자가 패자를 이겼다고 해서 그 승리를 모든 사람이 인정하는 것은 아니니까. 패자가 졌다는 것을 인정해야 그를 믿는 사람들까지 패배를 인정할 수 있어. 그렇게 만들어야 해."

성한의 이야기를 듣고 지연이 고개를 끄덕였다.

그리고 앞으로 세상이 어떻게 변하게 될지를 지켜봤다. 아마도 좋은 방향으로 나아가리라고 생각했다.

*　*　*

한양에서 이척이 장성호를 만나서 이야기했다.

"폭풍처럼 일어나던 일들이 잠잠해졌다. 다시 비바람이 일어날 수는 있지만 말이다. 이것으로 조선과 세계는 만대 후손의 번영을 이어가게 되는 것인가?"

"아마도 그럴 가능성이 높습니다."

"확신하지 못하는군."

"어떤 일이든 절대라는 전제를 붙일 수 없습니다. 인간은 불완전하고 무엇을 하든 변수가 있습니다. 그러하기에 완벽한 화평, 평강을 누릴 수 없습니다. 중요한 것은 시련과 고난이 닥쳐왔을 때 그것을 어떻게 이기느냐는 것입니다."

"그것을 위한 공정함과 배려인가?"

"그렇습니다. 사람이 재물을 쌓고 권력을 가지려는 것도 시련과 고난을 견디기 위해서입니다. 그래서 성과의 대가를 인정해주는 공정함이 있어야 합니다. 그리고 혼자 견디는 것이 아닌, 여러 사람이 함께 견디기 위해 배려가 있는 것입니다."

"완벽하게 이룰 수는 없지만 그런 방향으로 가는 것이 중요한 것이로군."

"예. 폐하."

"트로츠키가 죽기 전에 그것을 인정했으면 좋겠군."

"신이 그를 만날 것입니다. 그리고 무엇이 문제였는지를 말하겠습니다."

마지막 승리를 거두려고 했다. 그것이 가능할지 아닐지 알 수 없었지만 적어도 전쟁을 선포한 이가 패배를 인정하는 것만큼 큰 승리가 없었다.

장성호가 트로츠키를 만나 굴복 시키려고 했다.

반동이라 불렸던 공정한 자유 러시아군에게 사로잡힌 트로츠키가 옥사에서 생각에 잠겼다.

그의 입에 재갈이 물렸고 온몸이 묶인 상태로 아무 것도 할 수 없는 상태에 이르렀다.

치체린이 죽기 전에 했던 말을 기억했다.

'어떻게 될지 이제 알겠지만, 그래도 건투를 빌겠습니다. 주석 동지에게 행운이 있기를 빌겠습니다.'

치체린의 이야기를 듣고 물었었다.

'어떻게 될지 알겠다니? 그게 무슨 뜻인가?'

대답을 들었었다.

'공정함과 배려를 향해서 세상이 나아갈 겁니다. 인간이 평등함을 이루는 일은 절대 없을 겁니다. 우리가 인간을 괴물로 만들 뻔했습니다.'

인정하기 싫었다. 아니, 절대 인정할 수 없었다.

언제나 자신과 함께 할 것이라 생각했던 측근의 배신이었다.

그에게 분노하며 허망한 자결을 지켜봐야만 했다.

눈물을 흘리면서 현실에 깊은 원망을 드러낼 때, 그가 갇혀 있던 옥사의 문이 열렸다.

"특별 면회다. 면회소로 갈 테니 허튼짓을 벌이지 마라."

"……."

간수들이 들어와서 입에 물려 있던 재갈을 뺐다. 그리고 트로츠키를 면회소로 끌고 갔다.

면회소로 가는 동안 누가 자신을 만나려고 하는지 궁금해졌다.

그런 트로츠키가 안으로 들어갔을 때, 철창 건너편에 동양인 한명이 앉아 있는 것을 봤다.

그가 누구인지 알고 있었다.

"고려 실권자가 친히 찾아올 줄 몰랐군……."

장성호가 건너편에 앉아 있었다. 따로 소개를 하지 않아도 될 정도로 서로에 대해서 너무 잘 알았다.

간수가 당긴 의자 위로 트로츠키가 앉았고 그에게 장성호가 물었다. 조선 역관이 통역해주고 있었다.

"옥사에서의 생활은 어떻소?"

장성호의 물음에 트로츠키가 피식 웃으면서 말했다.

"내 처지를 묻다니, 여유만만이군. 그런 것을 묻지나 말고, 본론이나 말하지. 시간도 없을 텐데 말이야."

비꼬는 듯한 말에 장성호 또한 입 꼬리를 당겼다. 그리고 직설적으로 물었다.

"평등을 이루려하다가 불평등을 일으켜서 권좌에서 끌어내려진 소감이 어떻소?"

그 물음에 트로츠키의 콧가가 씰룩였다.

"지금 감히 불평등이라고 했나……?"

"그렇소. 불평등. 평등을 위한 혁명이라 말했지만 결국 불평등을 위한 혁명이지 않았소? 그 소감을 묻는 거요."

"감히, 우리의 위대한 혁명을 욕보이는가?"

"전혀 위대하지도, 욕보이지도 않았소. 있는 그대로 이야기한 것이오. 불평등했고 불공정 했기에 주석이 그 자리에 있는 것이오. 그러니……."

"뭐가 어쩌고 어째?!"

트로츠키가 소리치면서 자리에서 일어났다. 그가 몸부림치면서 철창에 붙으려고 하자 뒤에 있던 간수가 그의 몸을 붙들고 앉혔다. 간수가 곤봉을 사용하려고 하자 장성호가 말했다.

"위험하지 않으니 두십시오. 어차피 포박된 상태에다가 수갑까지 차고 있으니."

그의 말을 듣고 간수가 곤봉을 다시 허리춤에 찼다.

간수를 한번 노려보고 트로츠키가 이를 갈면서 말했다.

"불평등을 위한 혁명…? 부르주아 따위가 감히 그딴 망발을 내뱉는가?!"

"그쪽도 부르주아였소."

"뭐라고?!"

"세 치 혀로 사람을 죽일 수 있고, 손짓 하나로 소비에트라 불리는 나라를 다스릴 수 있는 것. 권력의 정점에 서 있는 것 자체가 주석이 말하는 부르주아의 끝이오. 그런데 감히 평등을 이상향으로 논한 것이오? 자격조차 없는 주석이 말이오. 안 그렇소?"

"뭣이⋯⋯?"

"인류는⋯ 아니, 지구에서 태어나는 모든 생명체는 탄생의 순간부터 경쟁을 벌이도록 되어 있소. 둥지에서 태어난 아기 새들조차 먹이를 더 많이 먹으려고 입을 크게 벌리고 소리를 크게 내오. 하물며 인간은 어떻소? 갓난아기조차 더 많은 젖을 먹길 원하고, 형제와 자매를 제쳐두고 어미의 더 많은 사랑을 갈구하오. 바로 생존을 위해서 말이오. 생존을 위해, 인간은 욕심을 가지게 되오. 그것이 바로 인간의 본능이오."

장성호의 이야기를 듣고 트로츠키의 입술이 떨렸다. 그리고 힘들게 입을 떼면서 물었다.

"지금⋯ 우리에게 불평등이 당연하다고 말하는가⋯⋯."

그리고 대답을 들었다.

"당연하오."

"뭐라고⋯⋯?!"

"불평등은 현실, 그리고 변할 수 없는 진실이며. 우리의 정체성이오. 만약 그것이 잘못이라고 한다면, 우리는 모두가 죄인이며 그것을 절대 극복할 수 없소. 극복할 수 있다면 신만이 유일하겠지. 왜냐하면 죽음을 초월한 존재이니까. 그런데 우리는 신이 아니지 않소. 그러니 불평등한 것을 인정할 수밖에 없소. 만약 불평등을 부정하게 되면 어떻게 되는 줄 아시오?"

"대체 뭘 말하려고……."

"바로 괴물이 탄생하는 거요."

"……?!"

"괴물 같은 제도와 괴물 같은 인간이 탄생하는 거요. 바로 주석과 같은 인간이 말이오. 평등의 이념을 세우기 전에 인간의 정체성부터 제대로 봤어야 했소."

"……."

자신을 두고 괴물이라 말하는 장성호에게 소리치고 싶었다. 그러나 어떤 말도 그 입에서 나오지 않았다.

입을 꾹 다문 채 부들부들 떨다가 핏발 선 눈으로 장성호를 노려보면서 말했다.

"그렇다면… 인간은 세상이 멸망할 때까지 다퉈야 한다는 것인가……?"

대답을 들었다.

"다툼이 아니라, 경쟁이오."

"공정함으로… 말인가……?"

"그렇소."

"공정함을 이루려 해도 인간의 본성상 불공정이 끝없이 일어날 텐데 그것을 어떻게 막을 것인가? 그래서 평등함으로……!"

트로츠키의 말에 장성호가 미소를 드러내면서 대답했다.

"공정함으로 끝까지 심판할 것이오."

"뭐라고……?"

"불공정의 문제는 공정함으로 푸는 것이오. 평등함으로 불공정을 해결하려는 순간, 결국 공정함으로 심판을 받게 되어 있소. 왜냐하면 불평등은 절대 해결되지 못할 것이며, 심지어 공정함마저도 없으니. 대신, 인류와 세상은 그것과 같은 실책으로 막대한 희생과 대가를 치르게 되오. 이미 소비에트는 그 대가를 치른 거요."

장성호의 말을 듣고 트로츠키가 눈가를 씰룩였다.

반박하지 못하는 그에게 장성호가 한번 더 말했다.

"참으로 인간을 쉽게 봤소. 인류의 정체성조차 제대로 파악 못한 이념 하나를 세워 놓고, 제도적인 변화 따위로 인류가 가진 문제점을 해결할 수 있을 것이라고 봤소? 절대 아니지. 우리는 우리의 본성을 제대로 이용해야 하오."

"그래서 공정한 경쟁이라 말한 것인가?"

"그렇소."

"그러면 경쟁에서 패한 사람들은 어떻게 되는 것인가? 설마 그 잘난 배려라고 말하는 것은 아니겠지? 그 배려가 선택 사항인 것은 알고 있는가?"

의표를 찌르듯이 트로츠키가 말했다. 그리고 장성호가 회심의 미소를 지었다.

"선택 사항이지만 필수처럼 보이게 할 수는 있소."

"뭣이……?!"

"교육으로 그 배려가 얼마나 아름다운지, 지향해야 하는 방향인지 알려주고 권면할 수 수 있소. 그리고 한 사람이 그 길을 걷는다면 뒤로 두 사람이, 네 사람이, 나아가서는 인류 대부분의 사람들이 따를 수 있겠지."

"전부라 말하지 않는군."

"불완전한 인간에게 완벽함은 있을 수 없소. 만약 만인 평등을 완벽하게 이루고자 한다면 답은 하나밖에 없소. 그것이 무엇인 줄 아시오?"

"무엇인가……?"

"인류의 절멸이오."

"……."

"인간의 절멸만이 가장 완벽한 인류의 평등이오. 그런데 그것을 말하지 않고 평등을 논하는 것은 정말로 비겁한 행위지. 그래서 인간에게 허락된 두가지 평등을 알려주고자 하오. 아니, 생각해 보니 세가지로군. 그것이 무엇인 줄 아시오?"

세가지 평등이라는 말에 트로츠키가 침묵했다.

장성호가 마지막 이야기를 그에게 전했다.

"도전의 기회, 공정함, 그리고 죽음이오. 인간의 평등은 그 세가지로 족하오. 그 이상은 인간이 도저히 이룰 수 없는 길이오. 우리는 세가지의 평등과 배려로 사랑하는 이를 만나고 가정을 이루며 후손 만대의 번영을 이룰 것이오."

평등을 이루기 위해서 결혼 제도를 폐지했던 기억이 떠

올랐다.

떨리는 시선으로 장성호를 보다가 크게 소리를 질렀다.

"아아아악! 아아아~!"

발버둥질 하는 트로츠키를 간수들이 붙들었다.

울분을 토해내는 그를 보면서 장성호가 고개를 절레절레 흔들었다.

그 모든 모습이 촬영기를 통해서 영상으로 기록됐다.

자리에서 일어나면서 장성호가 역관에게 말했다.

"갑시다. 우리가 이겼습니다."

"예. 총리대신."

자유 러시아군의 호송을 받으면서 비행장으로 향해 수송기에 올라탔다. 그리고 조선으로 돌아가서 이척에게 보고했다.

보고를 받은 이척이 영상을 확인하고 장성호에게 말했다.

"끝내 트로츠키의 인정을 받아내진 못했군."

그 말을 인정하면서 장성호가 말했다.

"어차피 그의 인정을 원한 것이 아니었습니다. 우리가 원하는 인정은 인류와 만대 후손의 인정입니다. 그것으로 미래를 구할 수 있습니다."

이척이 고개를 끄덕였다. 장성호의 말대로 최대한 많은 사람들이 영상을 보길 원했다. 그리고 다시는 인간성을 부정하는 길을 택하지 않기를 원했다.

어떤 시련이 오더라도 쉽게 무릎을 꿇지 않도록, 설령 무릎을 꿇더라도 다시 일어서고 넘어진 사람에게 손 내밀 수 있기를 원했다.

한달 뒤 트로츠키가 사형 선고를 받고 다시 며칠이 지나서 집행을 받았다는 소식이 전해졌다.

그가 죽기 전에 한 마지막 말은 '평등은 위대하다'였다.

그러나 그의 말에 동의하는 자는 거의 없었다.

공정함이 만인에게 평등하게 주어지는 공평과 경쟁, 그리고 배려로 인류 번영을 이루려고 했다.

그것으로 억울한 사람들을 최대한 줄이려고 했다.

불완전한 인간이 그것을 지우고 완벽하게 이루는 것은 절대 불가능했다.

그것은 오직 창조주만이 이룰 수 있었다.

* * *

아인슈타인과 시디스의 연구가 이어지고 있었다. 박은성의 자식인 박지헌이 두 사람을 돕고 있었다. 연구 도중에 박지헌이 한가지 발견을 이뤘다.

"그래! 이거야!"

"뭐가 말인가?"

아인슈타인이 시디스와 함께 옆으로 와서 물었다. 지헌이 수식을 쓰면서 말했다.

"이거라면, 어쩌면 다차원의 세계를 구체적으로 보여줄지도 몰라요! 양자역학과 상대성이론을 이어줄 수 있으니까요! 그러면 시공간과 차원의 연결점이 생겨나요!"

지헌이 계속해서 수식을 써나갔다. 그리고 결론이 내려지고 공식이 세워지자 아인슈타인과 시디스가 눈동자를 키우면서 감탄했다.

"이것은……?!"

"정말 이것으로 다차원을 가정할 수 있게 해준단 말인가……?"

지헌이 자신하면서 말했다.

"실험으로 증명이 되면 현실화 될 수 있어요. 무려 9차원까지 말이에요."

"어째서 9차원까지만 이야기하는 것이지?"

"10차원은 그야말로 신의 영역이니까요. 9차원까지만 해도 수식으로 가정하기가 불가능했어요. 하지만 지금부터는 아니에요. 적어도 이론물리학으로는 이야기할 수 있어요. 바로, 초끈이론으로 말이죠. 그리고 그것을 한 단계 발전시킨 이론으로 가정할 수 있어요. 우리는 신이 될 수 없지만 적어도 그 존재만큼은 인식할 수 있어요."

처음 보는 수식이었다.

초끈이론이라는 것을 처음 알게 됐으며, 그것을 뛰어넘는 이론이라는 말에 두 사람이 크게 감탄했다.

지헌이 대단하다고 생각했다.

그리고 칠판에 쓰인 수식을 보면서 아인슈타인과 시디스가 생각에 잠겼다.

"어떻게 생각합니까, 교수님?"

시디스의 물음에 아인슈타인이 헛웃음 지었다.

"실험으로 증명이 되어야 이 수식도 쓸모가 있겠지. 하지만 이걸로 정말 가정이 가능하다면……."

"신의 존재를 가정할 수 있게 됩니다. 우리의 과거와 미래, 무한대의 상황을 간섭하고 주관할 수 있으니 말입니다. 이 수식은 신의 존재를 알리는 식입니다."

여태 조물주의 존재를 부정했다.

우주 그 자체가 창조주 자체라고 믿었다. 그러나 그 믿음이 깨지고 과거와 미래를 간섭하고 무한대에 이르는 평행 세계마저 주관하는 존재를 엿보았다.

그러면서 문득 드는 생각이 일어났다.

"혹시… 우리의 과거나 미래가 바뀐 것은 아니겠지……?"

"신의 간섭으로 말입니까?"

"그래. 어쩌면……."

"어쩌면 본래 상태로 돌려놨을 수도 있습니다. 그런데 그것은 우리에게 중요한 사안은 아닌 것 같습니다."

"우리가 보잘것없는 인간이기 때문인가?"

"신의 계획이 있을 수 있습니다. 신이 정말로 존재한다면 말입니다. 어쩌면 우리가 계획을 세워도 큰 의미가 없을 수도 있습니다."

시디스의 말에 아인슈타인이 한숨을 쉬었다.

"그 점이 내게 의문을 품게 해. 그런 신이 있다면 대체 우리는 무엇을 위해서 사느냐는 것이지. 대체 뭘 위해서 우리와 이 세상을 창조했겠나? 아니 그러한가?"

아인슈타인의 말에 지헌이 말했다.

"우리에게 이 삶을 누리라는 뜻은 아니겠습니까?"

"삶을 누린다고?"

"넘어져도 다시 일어서고, 넘어진 사람에게 손을 내미는 그런 삶을 말입니다. 그런 우리의 삶을 보고 흐뭇해하면서 기뻐할 수도 있습니다."

"정말 소소한 기쁨이로군."

"그것이 정말로 큰 기쁨일 수도 있습니다."

지헌의 말을 듣고 아인슈타인이 허탈하게 웃었다.

아이슈타인이 칠판을 보면서 말했다.

"그러면 이제, 어떻게 실험으로 증명할지가 관건이겠군."

시디스가 곁에서 이야기했다.

"100년, 아니면 200년이 걸릴 수도 있습니다."

"아니면 평생을 가도 실험을 못 할 수도 있지."

"신이 허락해주지 않는다면 말입니다. 하지만 허락해준다면 가능할 수도 있습니다."

어디까지 길이 열릴지 알 수 없었다. 그러나 적어도 다차원의 존재를 수식으로 가정할 수 있었다.

어떤 미래가 펼쳐지더라도 반드시 지향해야 할 것들이 있었다.

이척이 대신들과 함께 모스크바를 방문했다.

그가 비행장에 도착했을 때 임시 정부를 수립한 주코프와 흐루쇼프가 마중 나와서 인사했다.

악수하면서 이척을 만난 것이 영광이라고 말했다.

"처음 뵙겠습니다. 공정한 자유 러시아 임시 정부의 총통을 맡고 있는 니키타 세르게예비치 흐루쇼프입니다. 만나 뵙게 되어 영광입니다."

"짐도 만나게 되어서 기쁘다. 그리고 인류의 영웅들을 만나서 영광이다. 앞으로 아라사와 조선은 만대 우의를 이룰 것이다."

"예. 폐하."

역관이 두 사람의 대화를 이어줬다. 이척의 이야기를 듣고 흐루쇼프가 환하게 웃었고 러시아 수장의 자격으로 이척과 함께 나란히 걸으면서 사열대로 향했다. 그리고 함께 러시아군의 사열을 지켜봤다.

예총 소리가 울려 퍼지고 진정한 혁명군의 지휘관이 이척에게 경례했다. 그리고 이척이 그들의 경례를 받아주고 악수를 하면서 환하게 웃었다.

주코프와 악수하면서 그의 노고를 이척이 치하했다.

"참으로 고생해주었다."

"아닙니다."

"불의를 보고 가만히 있었다면, 결국 악의 승리를 허락하게 되었을 것이다. 하지만 그 악이 분명히 강대할 것이니 맞선다는 것은 참으로 대단한 일이다. 짐은 주코프 사령관을 비롯해 혁명군을 치하한다. 또한 한명의 인간으로서 경의를 표하는 바다."

"감사합니다, 폐하. 황명으로 군대를 내어주셔서 러시아를 도우시고 인민을 구해주신 그 은혜를 잊지 않을 것입니다. 대고려제국과 폐하와 폐하의 국민에게 존경의 뜻을 전합니다."

어깨를 두드렸고 전우애를 다졌다.

인류의 질서를 무너뜨리는 기만자들을 상대로 싸워 이기고 함께 새 세상을 세우기로 뜻을 모았다.

이척이 흐루쇼프와 함께 차를 타고 움직일 때 모스크바 시민들이 자발적으로 나서서 크게 외쳤다.

"고려 제국 황제 폐하다!"

"우릴 구해주신 분이야!"

"폐하께서 우리의 목소리를 들을 수 있도록 크게 외쳐!"

"코레아 우라!"

"와아아아아~!"

창문 밖으로 손을 내밀고 흔들면서 지나갔다. 이척과 대신들을 본 모스크바 시민들은 큰 영광과 감사를 느끼면서 꽃종이들을 휘날렸다.

잠시 후 크렘린 앞 광장에 이르러 이척이 큰 단상 위에 올라 마이크 앞에 섰다.

그 앞으로 수많은 군중이 모여 있었고, 이척은 특별히 러시아 국민들을 향해 연설할 수 있는 기회를 얻었다.

그의 손에 연설문이 있었다.

그러나 연설문에 쓰여 있는 내용대로 읽지 않았다.

보다 즉흥적으로 마음에 담긴 이야기들을 전했다.

그가 조선 만민을 대표하고 있었다.

"함께 걸어가겠소! 함께 걷다가 아라사 국민들이 넘어지게 되면 짐과 조선 만민이 그 손을 잡아줄 것이오! 그리고 일어나 걷다가 조선이 넘어지면 그때는 아라사 국민들이 손을 잡아주시오! 그렇게 함께 걸어가겠소!"

"와아아아아~!"

"코레아 우라~!"

함성이 크게 울려 퍼졌다. 이척이 뒤로 물러나면서 장성호에게 눈짓으로 연설이 어땠는지 물었다. 그리고 대답을 들었다.

"훌륭하신 연설이었습니다. 폐하."

장성호의 대답에 환하게 웃었다. 그리고 서쪽 하늘을 쳐다봤다.

그 하늘 너머에 세상에 자리 잡은 조선인들이 있었고 신대륙이라 불리는 곳에 뿌리를 내린 조선인들이 있었다.

그 조선인들은 미래에서 온 후손들이기도 했다.

혜민이 남자친구였던 잭슨과 혼인식을 치렀다. 웨딩드레스를 입고 기뻐하는 혜민을 보면서 정호가 기뻐하면서도 씁쓸하게 미소를 지었다. 그런 정호를 혜민이 약 올렸다.

"오빠는 언제 갈 거야?"

"곧 갈 거야. 그러니까 묻지 마."

"혹시, 미국에는 없는 거 아냐?"

"시끄러. 내 일은 내가 알아서 할 거야. 결혼하고픈 의지는 있으니까 때가 되면 알아서 갈 거야. 네 결혼 생활이나 잘 해."

"그럴 거다, 뭐."

약 올리는 동생을 보면서 인상을 썼다. 그런 정호에게 잭슨이 허리를 굽히면서 인사했다.

"헬렌을 꼭 행복하게 만들겠습니다."

"부탁해."

"예. 선배님."

많은 하객들이 와서 두 사람을 축하했다. 그리고 잭슨의 부모와 함께 샴페인 잔을 기울이던 성한과 지연이 미소를 지었다.

혜민의 혼인을 보면서 믿어지지가 않았다.

"정말 이런 날이 올 줄은 상상조차 못했는데……."

"딸 시집보내는 것이 싫은 것은 아니고?"

"아니, 보내긴 보내야지. 그리고 우리 딸과 아들이 결혼하고 아이를 낳고 후대 번영을 이뤄야지. 다만 그것이 이 시대에서 이뤄질 줄은 몰랐어. 그것도 미국에서 말이야. 그리고 내 옆에 네가 있다는 것도 믿어지지 않아."

믿기 힘든 기쁨과 행복이었다. 그리고 그것은 절대 시련 없이는 이룰 수 없는 큰 행복이었다.

처음 과거로 왔을 때 어떤 일이 있었는지를 기억했다.

"우리, 정말 잘 견뎠지."

"그래, 지연아."

"정말 이렇게 버티다 보니까 딸 결혼하는 것도 보게 되네. 이제 정호가 결혼하는 것 하고, 손주 볼 때까지 버티면 될 것 같아."

"정말 잘 버텨야 돼."

"그래."

어떤 선택을 하더라도 고단한 인생이라고 생각했다.

혼자 버티기는 너무나 힘든 인생이었고 때문에 반드시 동반자가 있어야 했다.

죽는 순간까지 함께 버티기에 부부라고 생각했다.

혼인의 전제는 행복해지기 위함이 아닌, 견디기 위하는 것이다. 때문에 반드시 고단할 수밖에 없다고 생각했다.

그렇게 인생을 살아가고 있었다.

5년 후 러시아 공화국이 수립되고 평등함이 아닌 공정함과 배려를 가진 나라로 거듭나게 됐다.

10년 후에 모든 식민지가 독립을 약속 받고 다시 5년이 지나서 최종적으로 독립했다.

그리고 조선을 중심으로 세상이 질서를 유지하기 시작했다.

공정함으로 불공정을 심판하고, 배려로 인간의 욕심을 다스리기 시작했다.

또한 기술로 인간의 생존과 후손 만대의 번영을 꿈 꿨다.

분쟁이 없는 것은 아니었지만 적어도 최소화를 시킬 수 있었다.

그것이 인간이 취할 수 있는 최선이었다.

300년이 지나서였다.

종장. 더욱 넓은 세계로

세계 최고라 할 수 있는 강대국이 있었다. 대영제국의 전성기를 뛰어넘는 현존하는 최전성기 강대국이었다.

대조선제국 행정부 기자회견실에서 긴급 발표와 기자회견이 열렸다. 작은 단상 위에 조선의 총리가 올라 있었고 그는 기자들 앞에서 차분하게 발표문을 읽어 내렸다. 그리고 뒤에서 재생되는 증강현실 영상을 통해서 설명했다.

지구에 위기가 닥쳐오고 있었다.

"보시면 아시겠지만 이번에 낙하하는 운석의 크기는 15km입니다. 지상에 떨어지면 뭍과 바다를 가리지 않고, 이로 인해서 생기는 구덩이의 깊이는 무려 맨틀에 이를 것입니다. 지각이 벗겨지고 지진파는 지구 반대편까지 이를 겁니다. 또한 바다에 낙하하게 될 경우 높이만도 1천 미터에 이르는 해일이 일어나 지구 전 대륙의 반을 휩쓸 겁니다. 때문에 반드시 막아야 합니다. 그리고 우리는 막을 수 있는 수단을 가지고 있습니다."

총리의 발표에 기자들이 손을 들었고 한 기자에 질문이 허락되었다. 기자가 침착하게 총리에게 물었다.

"어떤 수단으로 어떻게 막으실 것인지 구체적으로 알려 주십시오. 각하."

그리고 대답을 들었다.

"현재 우주 함대의 충무공이순신함이 출정한 상태입니다. 화성 궤도 근처에서 지구로 오는 운석을 격파할 것인데, 그 수단은 핵무기입니다."

"핵무기……."

"우리가 비밀리에 개발해뒀다가 보유한 것이 세상에 알려지면서 전 인류를 지배하기 위한 무기가 아니냐고 의심을 받았지만, 우리는 그 무기를 한번도 공격용으로 사용하지 않았습니다. 그리고 끝내 인류를 구하는 임무에 사용할 것입니다. TNT 100메가톤에 이르는 위력의 핵무기를 우주함대에 인계하고, 15킬로미터에 불과한 운석 전체를 날려버릴 겁니다. 우리는 그것보다 큰 운석도 상대할 수 있습니다."

총리의 발표에 기자들이 방송국을 통해서 긴급 보도를 내기 시작했다. 사람들이 소유한 개인 전자제어기와 입체 영출기를 통해서 보도가 이뤄졌고 심지어 개인방송국을 운영하는 기자들도 보도를 이루면서 조선 총리의 발표가 세계 사람들에게 알려졌다. 비교적 차분한 분위기 속에서 조선의 조치를 두고 지켜봤다.

"고려의 핵무기니까 뭐……."

"우주 함대에 핵무기들을 인계했다고 하던데… 그걸 생각하면 고려는 정말 대단한 나라인 것 같아. 지구를 지키기 위해 손에서 그 무기를 놓은 것이잖아."

"전 인류가 함께 싸우는 것이니 반드시 이길 수 있어."

"그래, 맞아!"

인류를 멸망시킬 수 있는 있는 운석이었다. 그러나 그 전에 인류를 멸망시킬 수도 있는 무기였다. 그런 무기를 보유하고서도 절대 다른 나라를 겁박하지 않았다.

무기가 나쁘다고만 규정한 것이 아닌, 그 무기를 잘 다스려서 좋은 방향으로 사용하고자 했다.

조선 정부의 발표대로 우주 함대의 충무공이순신함이 화성 궤도에 이르렀다. 그리고 지구로 향하는 운석을 발견했다. 지구와 전투함 사이에서 교신이 이뤄지고 있었다. 시공간을 왜곡시켜서 시간차가 발생하지 않도록 만들었다.

—체르노빌을 발견했다. 거리, 3045… 3046… 사정거리 안이다.

—핵공격을 허가하겠다.

—암호 송신 바람.

—암호 송신 완료. 확인 바람.

―확인. 10초 후에 유도탄 발사하겠다. 10. 9. 8. 7. 6…….

―…….

―3. 2. 1. 발사. 표적 유도 중.

1분가량이 지났을 무렵이었다.

―충돌 10초전. 9. 8. 7… 4. 3. 2. 1. 직격. 전파 장애로 1분 후에 교신 시도하겠다.

―수신 대기.

화성 궤도 근처에서 작은 별이 터진 것처럼 빛이 쏟아져 나왔다. 운석을 집어삼킬 정도로 큰 폭발이 일어났고 그 빛은 꽤 시간이 지나고 나서야 흩어질 수 있었다.

그리고 흔들렸던 전파망이 다시 복원됐다.

보고를 위한 교신 시도가 이뤄졌다.

―우주함대. 우주함대. 당소, 충무공이순신.

―당소, 우주함대 송신.

―표적 격파 확인. 반복한다. 표적 격파 확인.

―수신! 수고했다!

―수신. 수고 대기.

―이야아아! 해냈어!

지구 외곽에 위치한 우주함대 본부에서 함성이 터져 나왔다. 함성 소리를 들으면서 충무공이순신함의 승조원들이 환하게 웃었다. 서로에게 축하의 이야기를 전했다.

"고생했습니다."

"그래. 자네도 고생했네."

"정말 빗나가면 어떻게 하나 했는데, 맞아서 다행입니다."

"그러게 말일세. 하지만 빗나가더라도 곧바로 두번째 유도탄을 발사했을 것이네. 그렇게 하기 위해서 조선에서 모든 핵탄두를 우주 함대에 인계했으니 말이야. 어찌되었건 정말 수고했네."

"예, 함장님."

특별히 무장관에게 함장이 칭찬했다. 그러다 그가 첫 임무였다는 것을 기억했다.

"생각해보니 첫 실전이었군."

"예."

"미국에서 왔다 들었네만, 그래도 뿌리는 동포인 만큼 함께 최선을 다하도록 하세. 우리들의 임무는 조선이나 미국을 지키는 것이 아닌, 지구를 지키는 것이니까. 앞으로도 잘 부탁하네."

"예! 함장님!"

무장관의 명찰에서 '존스'라는 이름이 번쩍였다.

그 가문의 시조는 미국으로 건너온 조선인이었다. 조선을 일으킨 주역 중 한 사람이었다.

지구를 구한 충무공이순신함에게 새 임무가 떨어졌다.

"태백성으로 배치된다는 명령이 떨어졌다. 지금 바로 이동한다."

"예! 함장님!"

"시공 돌파 기관 점화!"

"점화!"

시공간을 자유롭게 이용하며 우주를 누비기 시작했다.

그리고 인류는 새로운 지평선을 열어젖히기 시작했다.

함께 더욱 넓은 세상으로 나아가고 있었다.

〈신조선전기 완결〉